AF286909

Erscheinungsjahr 2024
Alle Rechte am Text liegen beim Autor.

Autorin: Jasmin Lincke
Website: www.jasminlincke.de
Instagram: jasmin_lincke_autorin
Facebook: Jasmin Lincke

Illustrationen: KI-generiert und bearbeitet
von vielwert GbR, Jacob F. Schmiedel
Fotografin Autorenfoto: Yvonne Lincke
Layout & Satz: vielwert GbR, Erfurt
Druck: PROOF Druck- und Medienproduktion

ISBN: 978-3-949178-24-5

Weitere Informationen unter:
www.proof-verlag.de

Jasmin Lincke

Tohuwabohu
in der Stadt der Wunder

PROOF
Druck · Medien · Verlag

Dieses Buch ist für alle, die an Wunder glauben,
und jene, die es noch lernen müssen ...

Kapitel 1

Zauberhafte Inschrift

von Wundern, Nixen & Backenhörnchen

Leon unterdrückte ein Gähnen. Mit seinen fast elf Jahren hatte er bereits viele langweilige Schulausflüge erlebt. Da waren Schillers Gartenhaus oder der Trip ins Optische Museum gewesen, doch dieser Wandertag schoss den Vogel ab. Er konnte sich nicht erklären, wieso die Abstimmung zugunsten der Stadtkirche Jena ausgefallen war, wenn die Alternative einen Freibadbesuch bedeutet hätte. Finster kniff er die Augen zusammen und stierte Löcher in den Hinterkopf seiner Lehrerin, die mit dem Rücken zur Klasse in vorderster Reihe stand und den Ausführungen des Stadtführers lauschte. Er mochte kein Matheprofi und auch nicht Lesekönig sein, aber er war nicht dumm. Irgendetwas schien bei der Auszählung der Wandertagsstimmzettel nicht mit rechten Dingen zugegangen zu sein …

Wenig begeistert ließ er den Blick über die ungleichen Steinblöcke wandern, auf denen die Kirche St. Michael vor Hunderten von Jahren erbaut worden war. Das cremefarbene Gestein zeugte von einer Zeit weit vor seiner Geburt und sandbraune Adern durchzogen den von Wind und Wetter zerfurchten Felsen. Wahrscheinlich hatten es die Menschen im Mittelalter nicht leicht gehabt, die schweren Brocken ohne Kran und

Baumaschinen aufeinanderzuwuchten, dennoch stand seine Klasse heute unter einem mächtigen Bogengang, in dem nicht einmal drei Leons übereinandergestapelt die weiße Decke hätten berühren können.

Als er den Kopf in den Nacken legte, überkam ihn erneut das mulmige Gefühl, welches er schon beim Betreten des Gewölbes verspürt hatte. Dieses besaß drei Zugänge und führte von der Straße aus durch einen Teil der Kirche. Zwar vermittelten die dicken Stützpfeiler einen stabilen Eindruck, wirklich vertrauen tat Leon dem Bau aus Spitzbögen allerdings nicht. Halb rechnete er damit, jede Sekunde unter den Steinmassen begraben zu werden. Davon abgesehen konnte er sich nicht vorstellen, was an dem Tunnel so besonders sein sollte. Sicher, die verzierte Fassade musste früher ordentlich Eindruck gemacht haben, und Frau Keller hatte erklärt, dass der Gewölbegang unter dem höher gelegenen Kirchenaltar hindurchführte, aber es roch muffig, in den Ecken hingen Spinnweben und überall lagen Bierdeckel.

Immerhin standen sie nicht mehr in der Mittagssonne, versuchte er sich zu trösten, bevor seine Gedanken erneut zu türkisblauem Wasser und abenteuerlichen Rutschpartien wanderten. Wie gerne wäre er jetzt vom Startblock gesprungen oder hätte sich ein Eis gekauft…

„Der Torbogen ist das erste der Sieben Wunder Jenas", unterbrach die pfeifende Stimme des Stadtführers seine Tagträume. „Besser bekannt als Ara."

Schnarch. Wen interessierte das? Und waren Aras nicht Papageien? Er ließ sich gegen einen Mauerpfeiler sinken und beobachtete, wie eine haarige Spinne auf die Schulter des glatzköpfigen Mannes kroch. Während Leon zusah, wie sich das Tier in Richtung des steifen Hemdkragens bewegte, musste er sich zwingen zu blinzeln. In diesem Moment hätte er einiges für ein Wunder getan.

Als er nach rechts und links schaute, stellte er fest, dass er nicht der Einzige war, der Löcher in die Luft starrte. Raphael neben ihm stocherte lustlos mit der Fußspitze zwischen zwei lockeren Pflastersteinen und Lukas in der zweiten Reihe schien vor lauter Langeweile vergessen zu haben, von einem Salamibrot abzubeißen, welches er auf halber Höhe zum Mund geführt hatte.

„Man nimmt an, dass Leichenzüge den Durchgang auf ihrem Weg zum Friedhof passierten", näselte der Stadtführer mit einer Trägheit, die selbst der Staubschicht auf dem Gitterfenster hinter ihm Konkurrenz machte. Leon begegnete dem Blick seiner rothaarigen Freundin Ella, die eine Grimasse schnitt und dann so tat, als würde sie ebenfalls tot umfallen.

Grinsend biss er sich auf die Lippe. Ella war bekannt für ihre komischen Gesichtsausdrücke. Sie schaffte es, mit einer Augenbraue die verrücktesten Dinge anzustellen, und war die geborene Schauspielerin. Zu seinen Lieblingsvorstellungen zählte noch immer der Ohnmachtsanfall, den sie vorgetäuscht hatte, damit Jimmy und er den Klassenadventskalender stibitzen konnten. Später waren sie auf dem Schuldachboden untergekommen, um mit schokoladenverschmierten Mündern ihren nächsten Streich zu planen, der damals eine Bananenschale, ein Fischernetz und einen ziemlich wütenden Schulleiter beinhaltet hatte.

Während er lächelnd daran zurückdachte, schob sich sein bester Freund Jimmy neben ihn. Mit der Fingerfertigkeit eines Diebes zog der dunkelhaarige Junge einen Lolli aus einer seiner vielen Taschen und hielt ihn Leon unter die Nase. Als er kopfschüttelnd ablehnte, zuckte sein Freund mit den Schultern, riss das Papier auf und steckte sich den Lutscher zu einem zweiten zwischen die Zähne. Da nun beide Stiele aus seinem Mund ragten, ähnelte er einer schrägen Kreuzung aus

Backenhörnchen und Walross, sodass Leon sein Lachen in einem Husten tarnen musste.

Wenn es eines gab, worauf man sich bei Jimmy verlassen konnte, dann, dass er immer etwas Süßes dabeihatte. Die Tiefen seines Rucksacks schienen eine unerschöpfliche Quelle an Naschkram und die Taschen seiner Hosen der direkte Weg ins Schlaraffenland zu sein. Im Grunde ernährte sich Jimmy von nichts anderem als Süßigkeiten. Leon hatte selten erlebt, dass er nicht auf etwas herumkaute oder zumindest ein Bonbon lutschte. Umso erstaunlicher, dass sein Freund nach wie vor durch jede Tür passte und er ihn nicht durch die Welt rollen musste. Tatsächlich war Jimmy sogar schlank. Ungeachtet seiner Zuckerliebe schaffte der schlaksige Junge die meisten Liegestütze der Klasse. Leon bekam an guten Tagen gerade mal einen Sit-up zustande. Generell zählte Sport nicht zu seinen Stärken, was er darauf schob, dass er ein ganzes Stück kleiner war als die meisten seiner Mitschüler. In Wahrheit sah er einfach keinen Sinn darin, sich vollkommen zu verausgaben oder einem Ball hinterherzujagen. Dennoch war es gut, eine Ausrede parat zu haben, wenn er wieder einmal das Tor verfehlte oder jemandem die Kugelstoßkugel auf den Fuß fallen ließ.

Ganz so weit hergeholt war seine Entschuldigung außerdem nicht. Allein Jimmy überragte ihn um einen Kopf – aber Jimmy schien auch größer werden zu wollen als ein Hochhaus, jedenfalls saßen die Cargohosen seines besten Freundes ständig auf Hochwasser und er wuchs schneller aus seinen T-Shirts, als Ella rennen konnte.

Das Einzige, was hingegen an Leon wuchs, waren dunkelblonde Locken. Während Jimmy die krausen Haare kurz geschoren trug, hatte er selbst regelmäßig Mühe, seine wilde Zottelmähne im Zaum zu halten. Ständig fielen ihm Strähnen ins Gesicht oder irgendetwas verfing sich darin. Mit Sicherheit ähnelte seine Lockenpracht dem Vogelnest, das dort zwischen den Gitterstäben hing. Seine Freunde und er hätten unterschiedlicher nicht sein können, dennoch waren es seit jeher immer nur sie drei gewesen.

Wie auf Kommando trat in dieser Sekunde Ella an seine andere Seite. Ihre grünen Augen glänzten, während sie ungefragt in Jimmys Rucksack griff und mit wippendem Pferdeschwanz eine Tüte Gummibärchen herausfischte, deren Inhalt sie sich komplett in den Mund kippte. „Ich hoffe, wir können bald gehen", flüsterte sie kauend, und Backenhörnchen-Jimmy nickte zustimmend. „Wenn ich noch einmal das Wort Altarunterführung höre, fange ich an zu schreien!"

Leon spähte in Richtung der Lehrerin, doch niemand schenkte ihnen Beachtung. „Habt ihr für die Kirche gestimmt?", fragte er leise und kannte die Antwort bereits, bevor Ella ihm mit dem Finger gegen die Schläfe schnippte. Mit herablassender Miene schüttelte sie den Kopf und schob den roten Fransenpony zurück, damit er ihre Stirn sehen konnte.

„Steht hier oben etwa bescheuert drauf?" Sie ließ das Haar wieder los und pustete sich unwirsch ein paar Strähnen aus dem Gesicht. „Ehe ich mir so was antue, melde ich mich freiwillig für die Matheolympiade!"

Jimmy, dessen Wangen immer noch aussahen, als hätte er Murmeln darin versteckt, ließ die Lollistiele auf- und abschwingen, was wohl so viel bedeuten sollte wie: Genau, ich bin doch nicht verrückt.

Grimmig hakte Leon die Daumen in die Schlaufen seiner Jeans. Das bestätigte seinen Verdacht. Es sah ganz danach aus, als hätte Frau Keller die Wandertagsabstimmung manipuliert...

Während er noch beschäftigt war, die Beweislage zu analysieren, machte sich Ella am Reißverschluss ihres Dinosaurierrucksacks zu schaffen, den sie sich vor den Bauch geschnallt hatte. Sie holte eine quietschgrüne Box hervor, die mühelos in ihre Hände passte. Da Leon gerade überlegte, wie er einen erneuten Klassenausflugsschwindel verhindern konnte, dauerte es, bis er begriff, dass es sich dabei nicht um ihre Brotbüchse, sondern um eine Transportkiste handelte. Zu dritt beugten sie sich über den durchsichtigen Deckel mit Luftschlitzen und betrachteten den winzigen Hamster, der sie aus dem Inneren anstarrte.

Heribert war ein Teddy-Goldhamster und sah mit seinem karamellfarbenen Fell ein bisschen aus wie Leon – als hätte er in eine Steckdose gefasst. Der kleine Kerl war so breit wie hoch und die rosa Nase zuckte bei jeder Bewegung. Er war das flauschige Ehrenmitglied der Klasse, wirkte im Moment allerdings nicht besonders glücklich. Bekümmert blinzelte das Tier sie aus seinen schwarzen Knopfaugen an, ehe es einmal im Kreis tippelte und sich auffordernd auf die Hinterbeine stellte.

Mitleidig zog sich Leons Herz zusammen und er war sicher, seinen Freunden ging es nicht anders. Ella sollte Heribert übers Wochenende mit nach Hause nehmen, und normalerweise schien dem Hamster das nichts auszumachen. Tatsächlich glaubte Leon, dass Heribert Ella von all seinen Mitschülern am meisten mochte, doch der Klassenausflug setzte dem Nager ebenso zu wie ihnen.

Trotzdem hatte es den Hamster am härtesten getroffen. Da der Stadtführer nicht nur unter chronischem Stumpfsinn litt, sondern außerdem an einer Tierhaarallergie, war Ella keine Wahl geblieben, als Heribert in ihren Rucksack zu stecken. Kein Wunder also, dass der kleine Fellball einen so kläglichen Eindruck machte. Das Einzige, was diesen Wandertag in Leons Augen schlimmer gemacht hätte, wäre, ihn bei dreiunddreißig Grad in einem stickigen Rucksack verbringen zu müssen.

Die Stimme des Stadtführers kickste und sie zuckten zusammen, doch der glatzköpfige Mann sinnierte noch immer über längst vergangene Ereignisse. Dass ihm außer Frau Keller niemand zuhörte, störte ihn anscheinend nicht. Unbeirrt redete er über etwas, das sich anhörte wie Schildkrötenlegende, ehe abermals das Wort Altarunterführung fiel und Ella scharf die Luft einsog. Ihre Lippen verzogen sich zu einem dünnen Strich, doch sie verzichtete darauf, zu schreien. Stattdessen schob sie Heribert ein Stück Gurke durch einen der Atemschlitze.

Gierig machte sich der Hamster darüber her und stopfte es sich in die Backen, sodass er zu Jimmys Zwilling mutierte.

Es dauerte weitere zähflüssige Minuten, bis die trostlose Stimme des Glatzkopfes erstarb. Leon spürte, wie ein Aufatmen durch die Klasse ging, sobald seine Leidensgenossen aus ihrer Trance erwachten. Umso größer war die Enttäuschung, als ihre Lehrerin verkündete, sie wolle sich auch die Rückseite der Kirche ansehen. Ein paar Schüler stöhnten und bei einigen glaubte er Tränen zu erkennen, dennoch schleppte sich die Gruppe aus dem hohen Durchgang in den dreckigen Hinterhof. Leon und seine Freunde ließen sich bewusst zurückfallen. Sie hatten den Schatten des Gewölbes fast verlassen, da hielt Ella ihn am Griff seines

Rucksacks zurück.

„Ähm, Leute …" Der alarmierte Tonfall verhieß nichts Gutes und er drehte sich zu ihr um. Sein Blick fiel auf die Hamsterbox in ihren Händen. Die offene – leere! – Hamsterbox. „Ich fürchte, wir haben ein Problem."

Danach sah es aus. Endlich bequemte sich auch Jimmy, die Lollis aus dem Mund zu nehmen, um etwas zu sagen: „Du hast ihn rausgelassen?!"

„Ich habe ihn nicht rausgelassen!", entgegnete Ella verärgert. Ihre Miene spiegelte Beklommenheit und Sorge wider. „Ich wollte nur, dass er ein bisschen Luft bekommt."

„Das ist nicht gut", murmelte Leon.

„Ach was", fauchte seine Freundin. Sie sah aus, als wollte sie auf irgendetwas einschlagen, und er hoffte, dass es nicht er sein würde. „Helft mir lieber, ihn zu finden."

Zwei Minuten später robbte er auf Knien über den dreckigen Boden. Sie hatten es geschafft, sich von der Klasse abzusetzen, und entschieden, die Unterführung durch je einen der drei bogenförmigen Zugänge zu betreten, in der Hoffnung, dem Hamster den Weg abzuschneiden. Während Jimmy und Ella von vorne und hinten kamen, war Leon über ein rostiges Geländer aus der Senke der angrenzenden Straße geklettert, um den Bereich zwischen den mächtigen Stützpfeilern zu übernehmen, an denen sie zuvor gestanden hatten. Angestrengt suchte er das unebene Kopfsteinpflaster nach Spuren des haarigen Ausreißers ab. „Hierher, Heribert", rief er leise und kam sich dabei reichlich bescheuert vor. „Wo bist du, Föhnfrisur?"

Eine Frau mit Pudelhaarschnitt blickte irritiert von der tiefer verlaufenden Gasse zu ihm auf, doch er ignorierte sie und setzte seine Lockrufe fort. Von rechts und links hörte er Ella und Jimmy es ihm gleichtun. Da der Gang kaum zehn Meter lang war, dauerte es keine fünf Sekunden, bis sie auf allen vieren in sein Sichtfeld rutschten. Ella hatte die leere Gummibärchentüte wieder hervorgekramt und raschelte damit, während sie in der anderen Hand eine Weintraube hielt. Sein bester Freund wiederum musste das einzige Stück Brot, das er besaß, gefunden haben und verteilte eifrig ein paar Krümel in dem muffigen Tunnel. Leon überlegte gerade, was er dem Hamster seinerseits anbieten konnte, als er den kleinen Fellball an der gegenüberliegenden Mauer erspähte.

„Dort", flüsterte er atemlos und sofort blieben seine Freunde stehen. Reglos beobachteten sie, wie das Tier mit wackelndem Hintern aus dem Schatten der Fassade trippelte und sich munter auf Leon zubewegte. Er zwang sich, still zu sitzen, trotzdem sah der Hamster auf halbem Weg zu ihm auf und blieb stehen. Immerhin hockte er jetzt zwischen ihnen …

Angespannt schaute Leon zu seinen Freunden, die genauso unruhig wirkten wie er. „Auf drei", formte er mit den Lippen, während er ebenso viele Finger hochhielt. Beide nickten und er begann lautlos zu zählen. Eins – er klappte den Mittelfinger um und Jimmy legte das Brot beiseite. Zwei – noch immer hatte sich der Hamster nicht bewegt. Drei …

Ella und Jimmy sprangen im selben Moment wie er, was sich im Nachhinein als keine gute Idee erwies. Sobald ihre Schatten über den Hamster fielen, fiepte dieser auf und hechtete zur Seite, um nicht zerquetscht zu werden. Keiner von ihnen bekam das Tier zu fassen, dafür purzelten sie in einem Knäuel aus Armen und Beinen übereinander und blieben ächzend liegen.

„Hat ihn jemand?", schrie Ella und rammte Leon bei dem Versuch, sich hochzustemmen, einen Ellenbogen in die Rippen. Da das Gewicht seiner Freunde die Luft aus seinem Brustkorb presste, schaffte er es nicht zu antworten. Irgendwie gelang es ihm jedoch, eine Hand auszustrecken, als ein plüschiger Fellhintern sich vor seinen Augen aus dem Staub machen wollte. Gerade noch rechtzeitig schlossen sich seine Finger um den zappelnden Teddyhamster, und den Bruchteil einer Sekunde verspürte er Triumph. Dann gruben sich spitze Zähne in seinen Handrücken und setzten dem Glücksgefühl ein Ende.

„Autsch!", heulte er auf und hätte Heribert beinahe losgelassen. „Er hat mich gebissen!"

Sofort war Ella auf den Beinen, um ihm den Hamster abzunehmen. Jimmy brauchte zu seinem Leidwesen länger, hatte es aber mit einem Mal eilig, als er feststellte, dass seine Hand in Taubendreck lag.

„Igitt!", rief sein Freund und wischte sich die Finger an der Hose ab. Indessen rollte sich Leon auf den Rücken und versuchte seine Lunge daran zu erinnern, wie man atmete. Während er nach Sauerstoff rang, erregten drei tellergroße Verzierungen an der Gewölbedecke seine Aufmerksamkeit. Schlusssteine hatte der Stadtführer die runden Kunstobjekte genannt, die ein Blättermuster, einen Dämon und eine Sirene zeigten. Nachdenklich betrachtete er die steinerne Meerjungfrau, die zusammengekrümmt über ihm kauerte, als sich plötzlich ihr Fischschwanz bewegte.

Alles klar… Blinzelnd griff er sich an den Kopf. Offenbar hatte er durch die Hamsterfangaktion mehr abbekommen als gedacht. Er versuchte sich zu entsinnen, wann er zuletzt etwas getrunken hatte, konnte sich jedoch nicht erinnern. Kein Wunder also, dass ihm sein Verstand Streiche spielte. Er wollte sich schon aufrichten, da drehte ihm die Nixe das Gesicht zu und zwinkerte.

Das hatte er sich definitiv nicht eingebildet! Ungläubig beobachtete Leon, wie die Meerjungfrau sich entknotete und gähnend aus ihrem Schlaf erwachte. Sie warf das Haar über die Schultern und streckte sich ausgiebig, bevor sie sich in ihrem Stein nach vorn lehnte und Leon zu sich heranwinkte.

Langsam stand er auf. Seine Stimme schwankte, als er sich an seine Freunde wandte, um sicherzugehen, dass er nicht verrückt wurde. „Ella, Jimmy? Seht ihr das auch?"

Die beiden mussten immer noch mit Heribert beschäftigt sein, denn Ella klang gereizt. „Was denn?"

Da er nicht wusste, wie er es beschreiben sollte, hielt er den Mund. Glücklicherweise blieb ihm eine Erklärung erspart, sobald seine Freunde neben ihn traten.

„Oh … mein … Gott", flüsterte Jimmy. Ella schien es

zur Abwechslung die Sprache verschlagen zu haben und auch Leon fand keine Worte, um auszudrücken, was sich über ihnen abspielte. Fassungslos musterte er die winkende Meerjungfrau, deren Züge mit einem Mal sehr lebendig wirkten. Er beobachtete, wie die Nixe einen Salto schlug, bevor sie seine Freunde und ihn einen nach dem anderen eindringlich ansah.

„Was will sie uns damit sagen?", brach Ella die Stille.

„Vielleicht sollten wir sie fragen", schlug Jimmy vor, aber die Meerjungfrau deutete auf ihre Lippen und schüttelte den Kopf.

„Sie kann nicht sprechen", stellte Leon fest und wusste nicht, was ihn mehr wunderte – dass sich die Steinfigur bewegte oder dass sie keine Stimme besaß. Bevor er eine Entscheidung treffen konnte, zeigte die Sirene auf den Rand ihres Steins und schwamm eine Runde im Kreis.

„Was soll denn das bedeuten?", fragte Ella ungehalten. Die Meerjungfrau hob hilflos die Arme und deutete auf ihren dunklen Hintergrund, ehe sie mit dem Finger eine ausladende Bewegung auf dem Ornament beschrieb. „Hä?", machte seine Freundin.

Leon stellte sich auf die Zehenspitzen. „Ich glaube, da steht etwas", murmelte er, und die Sirene nickte aufgeregt. Noch einmal fuhr sie die steinerne Umrandung nach, auf der er jetzt winzige Lettern erkannte. „Seht ihr? Dort oben! Goldene Buchstaben!"

Neugierig lehnten seine Freunde sich zu ihm, während er mit den Augen dem Finger der Meerjungfrau folgte. Er musste den Kopf schräg legen, um die verschnörkelten Zeilen zu lesen, welche die Nixe in einem goldenen Kranz umgaben. Die altertümliche Schrift war schwer zu entziffern, doch nun, da er wusste, wonach er Ausschau hielt, war ihm schleierhaft, wie sie ihm hatte entgehen können.

„A-ra, cap-ut, dra-co", entschlüsselte er mühevoll.

„Mons, pons, vulpecula turris", setzte Ella fort. „Das klingt wie Latein."

Die Sirene nickte und lächelte aufmunternd, ehe sie auf die letzte Wortgruppe wies. Jimmy, der anscheinend ebenfalls etwas sagen wollte, übernahm den verbliebenen Teil.

„Weigeliana domus, septem miracula Jenae."

Abwartend sahen sie die Meerjungfrau an, die verzückt in die Hände klatschte und einen weiteren Salto schlug, bevor sie erneut zu Stein erstarrte. Den Bruchteil einer Sekunde passierte nichts. Dann setzte ein ohrenbetäubendes Donnern ein.

Erschrocken zuckte Leon zusammen, als die Wände zu zittern begannen. Er hörte Jimmy schreien, und einen Moment war er überzeugt, der Durchgang würde in sich zusammenstürzen. Da erweckte ein gleißendes Licht seine Aufmerksamkeit. Eine Feuerblume aus orangeroten Flammen wand sich um den Sirenenschlussstein und die Buchstaben darauf begannen zu glühen. Während er um sein Gleichgewicht kämpfte, konnte er zusehen, wie sie größer wurden, sich aus dem dunklen Stein lösten und in einer goldenen Spirale auf sie herabsanken.

„Was ist das?", kreischte Ella, doch er schaffte es nicht zu antworten. Ein Surren erfüllte die Luft und die Vibration der Mauern ließ ihm die Zähne klappern. Leon fühlte eine seltsame Energie in den Knochen, als die Worte um ihn schneller kreisten und zu einem tosenden Tornado wurden. Ängstlich tastete er nach den Händen seiner Freunde. So war das nicht geplant gewesen, dachte er noch. Dann ging ein Ruck durch seinen Körper und riss ihn fort.

Kapitel 2

Die körperlose Stimme

Unsanft krachte Leon gegen Holz und kippte nach hinten um. Kalter Steinboden empfing ihn hart, sodass er sich den Ellenbogen anschlug, aber seine Sorge galt seiner Wirbelsäule, die sich schmerzhaft zusammenschob und entfaltete wie eine Ziehharmonika. Irgendwo ging Glas zu Bruch. Darauf herrschte Stille. Alle viere von sich gestreckt, wagte er nicht, sich zu bewegen.

Einen furchtbaren Augenblick glaubte Leon, er sei blind, dann wurde ihm klar, dass es einfach nur dunkel war. Es dauerte, bis seine Pupillen sich an den Übergang von Lichtwirbeln zu Finsternis gewöhnten, doch schließlich verbanden sich die schemenhaften Umrisse zu Strukturen.

Seine Umgebung hatte sich drastisch verändert und er war erleichtert, als er seine Freunde wenige Schritte entfernt ausmachte. Wie umgestürzte Bäume lagen sie auf dem rauen Stein, wirkten jedoch unversehrt. Während er zu ihnen schlich, kam Jimmy ächzend auf die Beine. Ella klopfte sich bereits den Staub aus den Klamotten. Wie üblich fand seine Freundin als Erste ihre Sprache wieder. „Wo sind wir?", raunte sie und sah sich nach allen Seiten um.

Das war in der Tat eine gute Frage. Sie standen in einer

kleinen, spärlich eingerichteten Kammer, die dringend hätte gefegt werden müssen. Aufgrund der winzigen Fenster war es schwierig, etwas zu erkennen, aber überall lagen Holzspäne und in der Luft hing der Geruch von Kiefernnadeln. Davon abgesehen gab es in dem wohnzimmergroßen Raum nicht viel zu entdecken. Ein einfacher Tisch stand in der Mitte des Zimmers, mit vier Stühlen daran, von denen Jimmy bei seiner Landung offenbar einen umgeworfen hatte. Leon selbst musste gegen eine kunstvolle Schrankwand geprallt sein. Wer immer hier lebte, hatte eine Vorliebe für antike Möbel. Ansonsten machte die Kammer einen schlichten Eindruck.

Viel interessanter waren dagegen die Wände des niedrigen Raumes. An ihnen standen alte Werkbänke, auf denen sich Äxte, Schabemesser und Hobel stapelten. Merkwürdig allerdings erschienen Leon die aufwendig geschnitzten Figuren und Uhren, die die nackten Steinmauern schmückten. Fein säuberlich hingen sie in drei Reihen übereinander, anscheinend der ganze Stolz ihres Besitzers. Mit einer Mischung aus Unbehagen und Faszination erkannte er altertümliche Marionetten, unzählige Holzpuppen, Wanduhren mit kunstvollen Ziffernblättern und einige unheimliche

Fratzen. Nie zuvor hatte er einen solchen Ort gesehen, doch die Werkstatt erinnerte ihn an den Puppenmacher Geppetto aus Pinocchio. Zugegeben an einen ziemlich verrückten – und möglicherweise gefährlichen – Geppetto!

Nervös schaute Leon über die Schulter zu seinen Freunden. Auch diese wirkten von den Holzfiguren wenig angetan. Ellas Augen huschten von einer Wand zur nächsten, während Jimmy so aussah, als rechnete er jede Sekunde mit einem Überfall.

„Entschuldigt bitte die Unannehmlichkeiten", durchdrang plötzlich eine Stimme das Halbdunkel, und sie schrien auf. „Das letzte Mal, dass jemand das Portal benutzt hat, ist eine Weile her. Es müsste offensichtlich gewartet werden."

Leon wäre vor Schreck beinahe in die Luft gesprungen und es kostete ihn Überwindung, nicht kreischend davonzulaufen. Mit schnell schlagendem Herzen griff er eine Holzleiste von einem der Werktische und hielt sie tapfer vor sich. Zwar konnte er die Planke kaum heben, fühlte sich aber gleich besser – zumindest, bis sie ihm auf den Fuß fiel. Fluchend hüpfte er auf einem Bein, ehe er sich erinnerte, warum er nach dem Brett gegriffen hatte. Jimmy unterdessen klammerte sich an Ellas Arm, während sie sich kampfbereit im Kreis drehte, die Fäuste wie ein Boxer vor das Gesicht gehoben.

„Es tut mir leid, ich wollte euch nicht erschrecken", versicherte die Stimme zerknirscht, doch Leon zuckte erneut zusammen. Zu sehr ähnelte sie dem Knarren einer Holztür und ließ die gruseligsten Bilder in seinem Verstand aufsteigen. Deshalb war er froh, als Ella die Situation in die Hand nahm.

„Wo bist du?", rief sie herausfordernd. „Komm und zeig dich!"

„Hier oben", knarzte es in betretenem Tonfall. „Nein … nicht dort. Schaut nach links … das andere Links. Wartet! Von euch aus rechts!"

Vollkommen verwirrt verrenkte sich Leon den Hals, während er versuchte, den Anweisungen Folge zu leisten. Schließlich schloss er die Augen, um sich auf sein Gehör zu verlassen, und wandte sich in die Richtung, aus der der Ton gekommen war. Sobald er die Lider wieder öffnete, fand er sich einer der seltsam geschmückten Mauern gegenüber. Irritiert blickte er zu seinen Freunden, doch diese waren vor derselben Wand stehen geblieben. Ausgeschlossen also, dass seine Ohren ihn getäuscht hatten. Er dachte schon, die

Stimme hätte ihn zum Narren gehalten, als die bemalte Holzfratze in der Mitte der Figuren den Mund aufklappte. „Sehr gut. Jetzt stehen wir uns gegenüber."

„Wow", wisperte Jimmy und klang dabei einem Ohnmachtsanfall nah. „Bitte sagt mir, dass ihr auch gesehen habt, wie der hässliche Kopf gesprochen hat."

„Hey!", entgegnete der besagte Kopf, der tatsächlich nur aus Kopf bestand. „Ich verstehe, wenn das viel für euch ist, aber das ist kein Grund, beleidigend zu werden", entrüstete er sich gekränkt.

„Ich glaube, ich muss mich setzen", murmelte Jimmy und kramte fahrig eine Packung Smarties hervor. Seine Lollis musste er unterwegs verloren haben. Was immer unterwegs in diesem Fall bedeuten mochte …

Leon räusperte sich und probierte, einen Satz zu formulieren. „Ähm … Wer bist du?"

„Was bist du?", fragte Ella argwöhnisch und sprach damit aus, was er eigentlich dachte.

Die hölzernen Lippen des Kopfes verzogen sich zu einem nachsichtigen Lächeln, das allerdings wenig beruhigend wirkte. Jimmy hatte recht. Eine Schönheit war ihr Gegenüber nicht. Tatsächlich machte die Figur mit ihren harten Gesichtszügen und der stark zerfurchten Holzstirn einen beängstigenden Eindruck. Das bleiche Gesicht schaute unter einer grünen Narrenkappe hervor, und gegen die mächtigen Zähne, die aus dem rot bemalten Mund ragten, hätte selbst Frau Holle alt ausgesehen. Dunkle Brauen verliehen dem Kopf einen zusätzlich strengen Ausdruck, während die Nase aussah, als sei sie gebrochen worden. Besonders irritierend fand Leon die spitzen Ohren, die sich unter der grünen Kapuze abzeichneten. Fast sah es aus, als trüge die Erscheinung ein Kostüm, dabei lag Fasching bereits Monate zurück. Es war offensichtlich, dass der Kopf nicht mit gutem Aussehen gesegnet worden war, dafür schien er sehr freundlich zu sein und seine Mimik beinahe menschlich.

„Mein Name ist Caput", stellte er sich vor.

„Kaputt?", wiederholte Jimmy, was er verstanden hatte. Die Figur lachte und es klang wie Schmirgelpapier auf alten Dielen. „Nein, Caput. Mit C und einem T. Das ist Latein und bedeutet Kopf."

„Was für ein … passender Name", befand Leon, dem nichts Besseres einfiel.

Freudig schenkte der Narr ihm sein befremdliches Lächeln. „Vielen Dank, Leon. Das ist sehr nett von dir. Aber ihr könnt mich Hans nennen."

Zittrig zwang er sich zu einem Hallo. Dann erst wurde ihm klar, was der Kopf soeben gesagt hatte. „Woher weißt du, wie ich heiße?"

Ein ernsthafter Ausdruck trat in die dunklen Pupillen und Leon war sicher, sein Gegenüber hätte genickt, wenn es einen Hals besessen hätte. „Damit kommen wir zum Zweck eures Besuchs. Aber lasst mich zuerst für Licht sorgen. Vorausgesetzt, ihr könnt noch ein bisschen Hokuspokus vertragen?"

Sie hatten keine Einwände.

„Schön", befand Hans vergnügt. Dann klappte er mit einem Klacken die Lider zu und formte mit den Lippen Worte. Es vergingen drei Sekunden, bevor in der dunklen Kammer sämtliche Kerzen aufleuchteten, während in einem Kamin ein gemütliches Feuer entflammte. Als Hans die Augen wieder öffnete, tanzten Schatten auf seinem Gesicht, und Leon wurde klar, wieso die Narrengestalt mit diesem Trick gewartet hatte. Bei dieser Beleuchtung wirkten ihre Züge noch furchteinflößender, doch er sah ein, dass der Kopf nichts für den Geschmack seines Erschaffers konnte.

Ganz gleich, wie er aussah, Hans schien ein gutes Herz zu haben – oder eine gute Seele, immerhin besaß er keinen Körper, in dem ein Herz hätte schlagen können …

Ella zog einen Stuhl heran und setzte sich vor die Wand. Es machte nicht den Eindruck, als würde sie der Holzfigur trauen, doch offenbar war sie bereit, ihr zuzuhören. Jimmy, der ein wenig wackelig auf den Beinen wirkte, tat es ihr nach kurzem Zögern gleich, allerdings nicht, ohne zuvor eine weitere Ladung Schokolinsen einzuwerfen.

Leon stützte die Ellenbogen auf die Lehnen der Stühle seiner Freunde, ehe er erneut zu sprechen begann: „Also, was machen wir hier? Und wie sind wir hergekommen? Das Letzte, woran ich mich erinnere, ist, dass eine steinerne Meerjungfrau mir zugezwinkert hat, wir in einen Strudel gezogen wurden und uns beinahe sämtliche Knochen gebrochen hätten. Und jetzt reden wir mit dir, der du – nichts für ungut – aus Holz bestehst! Eigentlich solltest du nicht sprechen können. Und Steine sollten sich nicht bewegen – oder?"

Hans lächelte geduldig. „Ja, das ist nicht leicht zu begreifen, was? Und es wird sogar noch wundersamer." Er machte eine kurze Pause und schien zu überlegen, wo er anfangen sollte. „Die Meerjungfrau war so freundlich, euch zu mir zu führen. Sie hat das Portal geöffnet."

Ella zog ihre berühmte Augenbraue nach oben. „Ein Portal?"

„Ja", bestätigte der Kopf. „Ein Portal durch den Altarbogen Ara – das erste der Sieben Wunder Jenas." Er gluckste. „Ich bin sicher, ihr habt auf eurer Stadtführung einiges darüber erfahren, aber dass es als magisches Raumzeitreisetor fungiert, hättet ihr nicht gedacht, hm?"

Magisches Raumzeitreisetor? Das war ein langes Wort. „Bedeutet das, wir sind in einer anderen Welt?", hakte Leon nach.

Hans schaute ihn an. „Nicht ganz", berichtigte er. „Das Portal hat euch in eine andere Zeit gebracht."

Erschrocken schlug sich Jimmy eine Hand vor den Mund. „Wann sind wir denn?"

„Fünfzehnhundertachtundsiebzig", erklärte Hans vorsichtig. In der darauffolgenden Stille hätte man eine Stecknadel fallen hören können.

Fünfzehnhundertachtundsiebzig ... Das war lange vor ihrer Geburt. Um genau zu sein, waren das fast vierhundertfünfzig Jahre, die sie von der Gegenwart trennten. Leon sah sich nach einem Stuhl um und setzte sich nun doch.

„Aber warum?", fragte Ella. „Wieso wir?"

Die hölzernen Lippen ihres Gegenübers verzogen sich zu einem dünnen Strich. Seine nächsten Worte kosteten es sichtlich Überwindung. „Weil ich eure Hilfe brauche. Ich fürchte, das Schicksal der Welt hängt davon ab."

Jimmy kicherte ungläubig und auch Leon wäre beinahe in Gelächter ausgebrochen. Als er erkannte, dass der Kopf es ernst meinte, blieb ihm das Lachen im Hals stecken.

„Was?", krächzte er heiser.

Die Furchen auf Hans' Gesicht wurden tiefer und die Holzfigur seufzte schwer. Mit einem Mal wirkte sie unendlich alt.

„Es tut mir leid, dass ich euch damit belasten muss, aber heute Mittag – in eurer Zeit – wurde meine goldene Kugel gestohlen. Ihr seid meine letzte Hoffnung, sie zurückzuholen und die Katastrophe abzuwenden."

„Warte mal", unterbrach ihn Leon. Ihm brummte der

Schädel, aber er hatte das Gefühl, einem wichtigen Puzzleteil auf der Spur zu sein. Goldene Kugel, Schicksal der Welt, Hans? Da klingelte doch etwas. „Du bist der Schnapphans?"

Freudig sah der Kopf ihn an. „Der Hans von Jena persönlich. Ihr habt von mir gehört?" Das hatten sie – bei einem weiteren langweiligen Schulausflug vor gut vier Monaten. „Ich bin das zweite Wunder", erklärte der Schnapphans. „In meiner Zeit, in der ihr euch jetzt befindet, wurde ich gerade erst geschaffen, hier in dieser Werkstatt, aber wahrscheinlich habt ihr mich in der Zukunft an der Rathausuhr hängen sehen." Er rollte mit den Augen nach rechts und links zu zwei weiteren Figuren. „Umgeben von meinen Freunden, dem Engel und dem Pilger."

Leon warf dem weißen Engel mit Glöckchen und der in eine braune Kutte gekleideten Gestalt, die einen Stock trug, einen flüchtigen Blick zu.

„Zur vollen Stunde schnappe ich nach meiner Kugel", fuhr Hans fort. „Einer Legende nach soll die Welt untergehen, wenn ich sie zu fassen kriege, doch das ist natürlich Unsinn. Falls ich sie nicht zurückbekomme, sieht es allerdings übel aus."

„Das ganze Zeitreisedrama also wegen einer fetten

Murmel?", fasste Ella zusammen. Sie hatte ihre beste Ist-nicht-dein-Ernst-Miene aufgesetzt.

„Was ist daran so besonders?" Nervös faltete Jimmy die Smartiesverpackung zu einem immer kleiner werdenden Rechteck. „Und von was für einer Katastrophe sprechen wir?"

„Es handelt sich bei meiner Kugel nicht um irgendeinen goldenen Ball", erklärte Hans nachsichtig. „Die Kugel ist eines der bedeutendsten magischen Artefakte der Welt. Sie sichert das Gleichgewicht der Erde und enthält alles Wissen, das jemals war und zukünftig sein wird. Darüber hinaus ist sie ein Portal in sich selbst, sodass es möglich ist, mit ihr durch die Jahrhunderte zu reisen."

Jetzt hatte er ihre Aufmerksamkeit. „Wieso wurde sie gestohlen?", fragte Leon.

Ein grimmiger Ausdruck umspielte die Züge des Narrenkopfes. „Aus ebendiesem Grund. Um die Vergangenheit zu ändern und die Gegenwart neu zu erschaffen. Nach den eigenen Vorstellungen, versteht sich."

Ella, die wütend die Arme vor der Brust verschränkte, sprach wieder einmal Leons Gedanken aus: „Wer macht denn so was?"

Ein Schatten, der nicht vom Feuerschein herrührte, huschte über das Gesicht des Kopfes. „Sie nennen sich die Bruderschaft der Nyx", offenbarte er. „Ihre Mitglieder sind Anhänger eines Geheimbundes, der fünfzehnhundertachtundsiebzig – also in dieser Zeit – weitgehend ausgelöscht wurde. Ich hätte nie gedacht, dass von ihnen noch einmal eine Bedrohung ausgehen könnte, aber ihre Nachfahren und Ururururururenkel scheinen ihr Erbe nicht vergessen zu haben." Der Schnapphans hielt inne. „Im Prinzip sind sie ein Haufen Spinner. Allerdings macht sie das gefährlich."

„Und was wollen diese Nüüx?", meldete Jimmy sich beklommen.

Hans stieß ein freudloses Lachen aus. „Was die meisten Bösewichte bezwecken: Kontrolle, Macht – die Weltherrschaft…"

Leon schluckte schwer. In seinem Geist sah er die Gegenwart mit Schwimmbadbesuchen, Schokoladeneis und langweiligen Schulausflügen zu Asche und Rauch werden.

„Nie zuvor ist jemand in die Vergangenheit gereist, um den Verlauf der Geschichte zu ändern", fuhr der Kopf fort. „Weil jeder, der einen Funken Verstand besitzt, weiß, dass es gefährlich ist, mit der Zeit zu spielen. Schon ein einziger Fehler könnte unser Planetensystem aus den Angeln heben, und das meine ich wörtlich. Wenn wir Glück haben, finden wir uns morgen in einer grausamen Alternativwelt wieder. Mit etwas Pech rollen wir unkontrolliert durchs Universum und sterben alle."

Betroffenheit breitete sich aus und Leon schnürte es die Kehle zu. Mit zitternden Fingern fuhr er sich durch das verstrubbelte Haar. Man bekam nicht jeden Tag gesagt, dass das eigene Leben bald den Bach runterging. „Können wir denn gar nichts tun?", fragte er in bemüht festem Tonfall.

Die schwarzen Pupillen des Schnapphans leuchteten auf. „Doch, das könnt ihr. Deshalb habe ich euch hergeholt." Ein kleines Lächeln verzog den roten Mund. „Der Dieb ist in der Zeit zurückgesprungen, um die Ereignisse des heutigen Tages zu verändern. Er ist hier in der Stadt. Wenn ihr ihn findet und die Kugel in die Zukunft zurückbringt, gibt es Hoffnung."

„Klingt leicht", bemerkte Ella trocken. „Wenn's weiter nichts ist."

Betrübt schnitt der Kopf eine Grimasse. „Außerdem müsst ihr verhindern, dass die Kugel überhaupt gestohlen wird, damit das Gleichgewicht wiederhergestellt werden kann."

Ella stieß ein freudloses Schnauben aus und auch Hans schien sich bewusst, was er da von ihnen verlangte.

„Ich wünschte, ich müsste euch nicht bitten", versicherte er niedergeschlagen. „Aber ihr seid die Einzigen, die uns noch retten können."

Ungehalten sprang Ella von ihrem Stuhl auf, der mit einem lauten Knall zu Boden fiel. „Und wie sollen wir das anstellen? Hast du uns mal angeschaut? Wir sind Kinder! Es muss doch jemanden geben, der für diesen Job besser geeignet ist. Jemanden, der sich mit Geheimbünden, Geschichte und diesem Rettet-die-Welt-Kram auskennt!"

Der Schnapphans sah sie bedauernd an. „Ihr seid die Einzigen, die diese Aufgabe übernehmen können", entgegnete er traurig.

„Wieso?", schaltete sich Jimmy ein. „Weil wir zur richtigen Zeit am richtigen Ort waren und durch das Portal gesogen wurden?"

„Es gibt keine Zufälle", antwortete Hans wissend. „Wir Wunder sind mächtig und verfügen über Magie jenseits von Raum und Zeit, aber wir dürfen nicht aktiv in die Geschehnisse des Universums eingreifen. Ihr wurdet auserwählt, weil ihr reinen Herzens seid. Das Band der Freundschaft macht euch stark und in euren

Adern fließt Mut, allerdings werde ich euch nicht zwingen. Wenn ihr euch dieser Aufgabe nicht gewachsen fühlt, ist das in Ordnung und wahrscheinlich sogar besser für euch. Denn machen wir uns nichts vor: Sich den Mächten des Bösen zu stellen, ist ein gefährliches Unterfangen."

Nun wurde Leon einiges klar. Er hatte doch gewusst, dass es bei der Wandertags-Abstimmung nicht mit rechten Dingen zugegangen war! Einen Moment hing jeder seinen eigenen Gedanken nach. Schließlich brach Ella das Schweigen. „Was sollen wir denn jetzt sagen, wenn du uns so Honig ums Maul schmierst?"

Hans zwinkerte ihr zu und sie grinste.

Als sie sich Leon und Jimmy zuwandte, glitzerten ihre grünen Augen abenteuerlustig. „Außerdem ist es schon ein bisschen cool, oder? Den Planeten haben wir noch nie gerettet!"

Leon lachte und stellte erleichtert fest, dass er nur ein bisschen hysterisch klang. Dann würden sie also die Apokalypse abwenden. Was sollte dabei schon schiefgehen?

Nachdenklich schaute der Schnapphans sie der Reihe nach an. „Die Nyx zu stoppen, wird nicht leicht. Wer die Kugel gestohlen hat, ist nicht auf den Kopf gefallen und obendrein im Besitz eines der mächtigsten Artefakte der Erde. Ihr werdet Hilfe benötigen."

Leon runzelte die Stirn. „Hilfe? Von wem? Wir kennen hier doch niemanden."

„Wirst du uns begleiten?", fragte Jimmy hoffnungsvoll, doch der Kopf zog eine gequälte Miene.

„Ich wünschte, ich könnte es", beteuerte er mit einem schiefen Lächeln. „Aber wie ihr unschwer erkennen könnt, besitze ich weder Beine noch Füße. Wenn ihr also nicht beabsichtigt, mich nach dem Feind zu werfen, fürchte ich, ich würde euch nur aufhalten."

Jimmy ließ die Schultern hängen, doch der Schnapphans fuhr fort.

„Ich werde nicht mit euch gehen, aber ich kann euch sagen, was ihr tun müsst: Sucht das dritte, sechste und vierte Wunder, in genau dieser Reihenfolge. Sie besitzen je einen magischen Gegenstand, den ihr brauchen werdet, wenn ihr dem Dieb auf der Camsdorfer Brücke, dem fünften Wunder, gegenübertretet."

„Ich dachte, es sind sieben Wunder", warf Ella ein.

„Was ist mit dem letzten?"

„Ah ja, der gute Weigel und sein Haus ... Er hat kein Artefakt, das helfen kann, die Welt zu retten, aber womöglich führt euch der Weg trotzdem zu ihm." Hans lächelte geheimnisvoll. „Doch zurück zu eurem Auftrag. Ich muss euch warnen. Einige der Wunder und ihre Hüter sind nicht besonders kooperativ. Sie dürfen euch ihre Hilfsmittel nicht einfach überlassen. Die magischen Objekte sind an Prüfungen gebunden, die ihre Träger auf die Probe stellen. Nur wer sich der Gegenstände würdig erweist, darf sie an sich nehmen, ansonsten ..." Er brach ab und biss sich auf die Lippe.

„Ansonsten was?", hakte Leon nach.

Hans antwortete nicht gleich. „Sagen wir einfach, in diesem Fall sind wir ohnehin dem Untergang geweiht."

Das klang nicht gut. Um genau zu sein, klang es danach, als stünde ihr Leben auf dem Spiel. Doch das tat es auch, wenn sie nichts unternahmen. Sie hatten keine Wahl. Er schaute zu Jimmy und Ella, die ebenso wenig bereit schienen auszusteigen wie er.

„Meine Freunde", hob der Schnapphans an und Leon wäre es lieber gewesen, er hätte nicht geklungen, als würden sie sich zum letzten Mal sehen. „Ihr habt wenig Zeit. Geht zu Draco, er wird euch als Erster auf die Probe stellen." Nacheinander sah er sie einzeln an. „Ich wünsche euch alles Glück der Welt und hoffe, dass wir uns in vierhundertfünfzig Jahren wiedertreffen. Die Menschheit schuldet euch ihren Dank. Ihr Schicksal liegt jetzt in den Händen von euch dreien."

„Du meinst wohl euch vieren", meldete sich plötzlich eine piepsige Stimme und ruinierte den ehrfurchtsvollen Augenblick. Verwirrt guckten sie sich um, doch der Schnapphans fuhr mit zuckenden Mundwinkeln fort.

„Oh, natürlich", entschuldigte er sich amüsiert. „Das hätte ich bei all dem Gerede über den Weltuntergang beinahe vergessen." Er räusperte sich und legte eine dramatische Pause ein. „Kinder, ihr kennt ihn bereits, aber ich möchte ihn euch trotzdem vorstellen. Gestatten: Heribert der Sechste von Hamsterhammer."

Leon klappte die Kinnlade herunter, als ein Fellknäuel Ellas Hosenbein hinaufflitzte und sich hoheitsvoll auf ihrer Schulter niederließ. Die Tatsache, dass der Hamster die Reise unbeschadet überstanden hatte, grenzte für sich an ein Wunder, doch Leon fielen fast die Augen aus dem Kopf, sobald sich das Tier auf die Hinterbeine stellte und mit einer majestätischen

Pfotenbewegung eine Verbeugung andeutete. Ungeachtet der Dinge, die er in der letzten halben Stunde erlebt und erfahren hatte, war es dieser Anblick, der ihn an seinem Verstand zweifeln ließ. In diesem Moment wurden ihm zwei Sachen bewusst. Erstens: Der Hamster konnte sprechen. Und zweitens: Heribert war allem Anschein nach ein König …

Kapitel 3

Tapferkeit und Höllenfeuer

Während sie durch schmale Gassen wanderten, stellte sich heraus, dass Leon voreilige Schlüsse gezogen hatte. Entgegen seiner Annahme handelte es sich bei Heribert dem Sechsten nicht um einen König, sondern um einen Fürsten, der allerdings um drei Ecken mit dem englischen Hamsteradel verschwägert schien. Wichtigtuerisch setzte das Tier sie in Kenntnis, dass es Verwandtschaft auf der ganzen Welt besäße und der Familienstammbaum der Hamsterhammers sich von Frankreich über Sibirien bis ins ferne Indien erstreckte. Eines ließ sich dagegen nicht leugnen: Dank Hans' Magie konnte Heribert sprechen. Er tat es in einer Tour. Seit sie die Werkstatt des Puppenmachers verlassen hatten, philosophierte er ununterbrochen über sich selbst, und es machte nicht den Eindruck, als wollte er damit wieder aufhören.

Leon schüttelte den Kopf. Sie waren schon ein merkwürdiges Quartett. Mit dem quasselnden Fellknäuel auf Ellas Schulter nicht genug: Damit niemand sie als Besuch aus dem einundzwanzigsten Jahrhundert erkannte, hatten sie sich verkleidet und sahen nun einfach nur dämlich aus. Davon abgesehen waren sie eine Stunde nach ihrer Ankunft im Jahr fünfzehnhundertachtundsiebzig bereits zu Dieben geworden. Ihn plagte das schlechte Gewissen, weil sie ein paar Kleider von einer Wäscheleine gestohlen hatten, aber außergewöhnliche Situationen erforderten außergewöhnliche Maßnahmen. Er hoffte, dass die Besitzer ihnen den Verlust der Klamotten verzeihen würden, wenn sie im Gegenzug die Welt retteten.

Befremdet schaute er zu Jimmy, der ein seltsames Beinkleid über seiner Cargojeans trug, und Ella, auf deren Haupt ein alter Schlapphut thronte. Angesichts der grässlichen Fetzen, die Frauen in dieser Zeit Mode nannten, war ihre Freundin entschlossen gewesen, ebenfalls Jungenkleidung anzuziehen. Weder Jimmy noch er hatten widersprochen, allerdings waren sie hartnäckig geblieben, was das Hochstecken ihrer Haare anging. Zwar hatte Hans versichert, dass das Zeitalter der Hexenverfolgung weitgehend vorüber sei, doch sie wollten nicht riskieren, dass ihre Freundin mit dem flammend roten Zopf unerwünschte Aufmerksamkeit erregte. Generell war es besser, unauffällig zu bleiben. Deshalb steckte Leon jetzt in einem viel zu großen Hemd, dessen Ärmel ihm ständig über die Hände rutschten. Als er einen Blick in eine schlammige Pfütze warf, musste er jedoch feststellen, dass sie, wenn überhaupt, das Gegenteil erreicht hatten.

Statt zeitgemäß wirkten sie wie einem Karnevals-
umzug entlaufen. Jimmys Kostümierung sah einfach
nur lächerlich aus und Ella erinnerte an eine klei-
nere Version des Räuber Hotzenplotz. Dank der
Rucksäcke, die sie unter ihren Kleidern trugen, äh-
nelten sie zudem buckligen Riesenschildkröten.
Mit einem Seufzer riss er sich von seinem Spiegelbild
los und betete, dass niemand sie genauer betrachten
würde. Außerdem hoffte er wirklich, dass er sich mit
diesem Hemd nicht gerade Flöhe einfing ...

Erneut bogen sie um eine Ecke und er hielt den Atem
an, wie er es bereits an jeder Kreuzung im sechzehnten Jahrhundert getan hatte. Seit sie über das unebene Kopfsteinpflaster liefen, machte ihm ein ungutes
Gefühl zu schaffen. Das lag zum einen an den Kopf-
schmerzen, die auf ihr Gespräch mit dem Schnapphans
zurückzuführen waren, zum anderen daran, dass sie
sich nicht allein auf den Straßen befanden. Nie zuvor hatte er Jena so voll gesehen, geschweige denn so
viele Ochsenkarren auf einmal. In den engen Gassen

herrschte geschäftiges Treiben und in der Luft hing ein unruhiges Summen. Sie mussten einen Markttag abgepasst haben, denn überall scheuchten Menschen Gänse vor sich her, trugen Körbe auf dem Rücken oder führten Pferde durch die Menge. Wenn man zudem den Geruch von Schweiß und Mist bedachte, war es ein Schock. Mehr als einmal wären sie fast unter die Räder eines Holzkarrens geraten oder waren gezwungen, einer Herde Schweine Platz zu machen. Hans hatte sie gewarnt, dass die Stadt um die Mittagszeit voll sein würde, aber seine Worte hatten sie nicht auf das vorbereiten können, was sich vor ihnen abspielte. Fasziniert und verwundert beobachtete Leon einen zahnlosen Mann, der eine Ziege über der Schulter trug, ehe eine Frau vor ihnen sich geräuschvoll in die Hand schnäuzte. Während er versuchte, durch den Mund zu atmen, kündigte das Rattern von Rädern erneut vom Herannahen eines Wagens.

Es war nicht leicht, sich in diesem Chaos zurechtzufinden, doch etwas Gutes hatte der Trubel. Bei all der Hektik und dem Lärm schenkte ihnen niemand Beachtung. Die Leute waren so mit sich beschäftigt, dass sie drei Schildkrötenkinder in Begleitung eines sprechenden Hamsters nicht bemerkten. Ungehindert bewegten sie sich somit stadtauswärts.

Indessen lernte Leon einiges über das alte Jena. Obwohl der Grundriss ihn an zu Hause erinnerte, war es sehr viel kleiner als die Stadt, die er kannte. Schmale Gänge führten von der Hauptgeschäftsstraße in verwinkelte Nischen, und es machte den Anschein, als erstreckte sich das Stadtgebiet gerade über das, was er in der Gegenwart als Zentrum kannte. Darüber hinaus umgab eine dicke Stadtmauer den inneren Kern. Es war seltsam, Jena umgrenzt zu sehen, doch während sie Richtung Osttor vordrangen, sah er die mächtige Mauerkrone über den Dächern näher rücken. Massive Befestigungstürme ragten von ihren Ecken auf und erinnerten an grimmige Wächter. Außerdem war das höchste Gebäude nicht länger der Uniturm, sondern die St.-Michael-Kirche, welche sich majestätisch über jedes Haus erhob. Jene Kirche, die sie vor knapp sechzig Minuten – Hunderte Jahre in der Zukunft – besichtigt hatten …

Zerstreut fuhr sich Leon über das Haar. Diese Raum-Zeit-Sache verwirrte ihn noch immer, sodass er Angst hatte, sein Gehirn würde platzen, wenn er zu lange darüber nachdachte. Unglücklicherweise schien es unmöglich, sich nicht damit auseinanderzusetzen.

Zwölf Stunden – in diesem Zeitfenster mussten sie die Welt retten. Das waren siebenhundertzwanzig Minuten, um die anderen Wunder aufzusuchen, sich deren Prüfungen zu stellen, die Kugel zurückzugewinnen und die Schreckensherrschaft der Nyx abzuwenden. Siebenhundertzwanzig Minuten bis Mitternacht – inzwischen nur noch sechshundert und ein paar Zerquetschte. Er wich einem aufgeschreckten Huhn aus und schnaubte. Es war, wie Ella gesagt hatte – leicht.

Damit die Raumzeitgesetze intakt blieben, hatte Hans sie nicht nur vierhundertfünfunddreißig Jahre in die Vergangenheit versetzt, sondern auch dafür gesorgt, dass sie sich in diesem Augenblick einen Tag vor dem Schulausflug bewegten. Genau genommen befanden sie sich also im Gestern, allerdings viel zu früh. Dadurch würden sie Gelegenheit bekommen, die Nyx in ihrer Zeit aufzuhalten, bevor diese die Kugel stehlen konnten. Es war verwirrend, es war undurchsichtig und ein wenig zu hoch für Leons Verstand, doch im Moment nicht seine größte Sorge. Wenn sie eine

Chance haben wollten, mussten sie sich auf das konzentrieren, was vor ihnen lag. Dass dies bedeutete, einen Ort aufzusuchen, der sich Teufelslöcher nannte, war nicht besonders beruhigend, aber unvermeidbar. Sie mussten diesen Draco finden, wer immer er denn sein mochte. Zwar wusste Leon nicht, wie er sich das dritte Wunder vorstellen sollte, doch immerhin hatten sie eine Ahnung, wohin sie gehen mussten.

Sobald das Rathaus in ihr Sichtfeld rückte, fühlte er sich besser. Wenigstens etwas befand sich an Ort und Stelle und wirkte vertraut. Tatsächlich sah das Gebäude aus wie in seiner Erinnerung. Natürlich fehlte die große Uhr mit Hans und seinen Begleitern – diese befanden sich in einer winzigen Werkstatt am anderen Ende der Stadt –, doch zumindest stand das Haus an seinem Platz.

Der Gestank verdichtete sich zu einer unerträglichen Wolke, und sie passierten den Marktplatz, auf dem Dutzende Händler ihre Waren anpriesen. Das Gedränge erreichte seinen Höhepunkt, sodass sie wie Schachfiguren herumgeschubst wurden, aber sie schafften es, sich ihren Weg in die Schneise Unterm Markt zu erkämpfen, wo sich im einundzwanzigsten Jahrhundert ein indisches Restaurant und ein Drogeriemarkt befunden hätten. In einer engen Gasse bogen sie nach links ab und folgten einer Horde Enten in die Saalstraße, die unterhalb der Kirche mindestens genauso voll war wie jene, aus der sie gekommen waren.

Staunend betrachtete Leon die meterhohe Mauer, die sich nun vor ihnen erstreckte. Unmengen an Gestein erhoben sich über und neben ihnen, sobald sie das Saaltor durchschritten, und er war froh, als sich der Durchgang zu einem mit Wasser gefüllten Stadtgraben öffnete. Da er dessen Grund nicht erkennen konnte, musste er tief sein, was Leon mindestens so überraschte wie die Tatsache, dass es überhaupt einen gab. Solche Kanäle kannte er sonst nur aus Ritterfilmen, und in der Gegenwart wies nichts auf die Existenz einer vormaligen Wasseranlage hin …

Während er beschäftigt war, diesen Umstand zu verarbeiten, huschten sie an zwei Wachposten vorbei, die das Tor zu beiden Seiten flankierten. Glücklicherweise schienen die Männer nicht auf Leute zu achten, die aus der Stadt hinauswollten, denn sie gelangten ohne Probleme nach draußen und überquerten die Steinbrücke wie die Händler, die nach Jena hineinströmten. Dann standen sie plötzlich im Freien und er konnte wieder atmen. Auf den Anblick, der sich ihnen bot, war er jedoch nicht vorbereitet.

Er wusste nicht, was er erwartet hatte. Sicher keine Straßenbahnen, Busse oder Autos. Keine Schnellstraße oder glänzenden Werbetafeln, aber auch nicht … so wenig. Abgesehen von ein paar vereinzelten Häuschen lag vor ihnen nichts als Wald und grüne Landschaft. In der Ferne glaubte er Weinberge zu erkennen und auf den Hügeln der umliegenden Regionen zeichneten sich endlose Felder ab.

„Das ist das Schönste, was ich bisher in diesem Jahrhundert entdecken konnte", stellte Ella fest. Jimmy stand der Mund offen und sogar Heribert vergaß für einen Moment seine Ausführungen über den königlichen Hamsteradel, bis sie sich nach rechts wandten, um entlang der Stadtgrenze in Richtung des intakten Roten Turms zu laufen. Je weiter sie sich dabei von den Mauern entfernten, desto stärker wurden Häuser von grünen Bäumen abgelöst. Sie waren nicht weit gekommen, als sie sich plötzlich einer unerwarteten Herausforderung gegenübersahen.

Vor ihnen plätscherte die Saale, wie sie es in jedem Jahrhundert getan haben musste, doch die Brücke, die sie hatten benutzen wollen, war verschwunden. Es gab sie noch nicht. Stattdessen glitzerte ihnen die spiegelglatte Wasseroberfläche entgegen und trennte sie vom anderen Ufer. Zwar schien der Pegel in diesem Sommer niedrig, aber sie waren nicht dumm genug, die Strömung zu unterschätzen. Immer wieder hörte man von Unvorsichtigen, die in den Fluten zu Tode kamen, und sie hatten schließlich eine Welt zu retten!

Gott sei Dank waren sie nicht die Einzigen, die sich an diesem Augusttag am Fluss aufhielten. Nicht weit von ihnen fischte ein junger Mann in einem wackeligen Kahn, und sie winkten ihn heran. Leon war nicht wohl dabei, zu einem Wildfremden in eine klapprige Nussschale zu steigen, und auch der Fischer musterte sie argwöhnisch, ließ sich aber zu einem Handel überreden, nachdem er von Jimmys Nugatriegeln probiert hatte. Mit glänzenden Augen nahm der Mann seinen Lohn in Form einer Tafel Schokolade entgegen und setzte sie bereitwillig über. Währenddessen versuchte er sogar, sie in ein Gespräch zu verwickeln, was sich allerdings schwierig gestaltete, da sowohl er als auch sie nur die Hälfte von dem verstanden, was gesagt wurde.

Zu groß waren fast fünfhundert Jahre Sprachunterschied. Gleichwohl gab sich ihr Kapitän alle Mühe und Leon fühlte sich schlecht, dass er erleichtert war, aus dem schwankenden Boot steigen zu können.

„Am besten putzen Sie sich danach die Zähne", riet Ella zum Abschied, doch der Fischer, der aussah, als hätte er noch nie eine Zahnbürste gesehen, blinzelte irritiert.

„Ich soll meine Zähne putzen? Wie das, merkwürdiges Kind?"

„Mit Zahnpasta natürlich", entgegnete Jimmy verständnislos. Dann überließen sie den Mann, der sich achselzuckend über die Noisetteschokolade hermachte, seiner Verwirrung.

„Wie weit ist es noch?", piepste Heribert, sobald sie sich außer Hörweite befanden. Der Hamster hatte sich für die Überfahrt zurückgehalten und tatsächlich geschwiegen, was ihm schwergefallen sein musste.

„Ich hab Hunger", stimmte Jimmy in das Genörgel ein.

„Und ich muss schon seit vierhundertfünfzig Jahren für kleine Auserwählte", murrte Ella.

Leon kam sich vor wie auf einem Ausflug mit seiner Familie und verkniff sich ein Grinsen.

„Jetzt reißt euch mal zusammen, Leute. In den Filmen

müssen Helden auch nie aufs Klo." Trotzdem legten sie eine kurze Pause ein, bevor sie nach fünfzehn Minuten Fußmarsch ihr Ziel erreichten. Inmitten dichter Ahornbäume, unweit der zukünftigen Straßenbahnhaltestelle Jenertal, blieben sie schließlich stehen.

„Bist du sicher, dass wir richtig sind, Kleiner?", fragte Heribert an Leon gewandt.

„Ja, bin ich", entgegnete er beleidigt. „Und du weißt, wie ich heiße, Heribert!"

„Heribert der Sechste von Hamsterhammer, wenn ich bitten darf!", schimpfte der plüschige Winzling und kam Leon plötzlich weniger niedlich als nervig vor. „Für eine solche Respektlosigkeit sollte ich dir noch einmal in die Hand beißen."

Leon fragte sich, wie er mit dem Nager jemals hatte Mitleid haben können, und setzte zu einer Erwiderung an, doch Ella ging dazwischen, bevor irgendwer einen Finger verlieren oder unter eine Schuhsohle geraten konnte. Sie deutete auf eine Öffnung im Felsen vor ihnen.

„Also wenn das kein Teufelsloch ist, dann weiß ich auch nicht."

Sie hatte recht. Zu viert standen sie am Fuß eines Berges vor einem gigantischen Hohlraum, der rechts und links in zwei Höhlengänge führte. Die Hauptöffnung sah aus, als hätte jemand einen Eingang in das Sediment geschlagen und damit das Tor zur Hölle geöffnet. Wie das Maul eines Ungeheuers klaffte der dunkle Vorraum in dem hell gemaserten Kalkstein und schien darauf zu warten, seine Opfer zu verschlingen. Leon betrachtete einen kläglichen Vorhang aus Efeu, der von oben über die Felslappen wuchs, während Wasser von der Decke tropfte und Spuren auf dem Boden hinterließ. Seltsamerweise war die Erde an dieser Stelle kahl und eben, als hätte etwas Großes und Schweres sie blank gefegt ...

Ein Windhauch bewegte die Blätter und Leon erschauderte. Hans hätte sie nicht zu diesem Draco geschickt, wenn er gefährlich wäre – oder? Jetzt, da er im Schatten des Berges stand und die Temperaturen gefallen schienen, war er sich nicht mehr sicher. Nervös leckte er sich die Lippen, während er eine kleine Quelle in Augenschein nahm, die ein paar Meter weiter aus dem Berg sprudelte und im Vergleich zu dem Loch vor ihnen ganz nett anzusehen war. Die beiden Wasserläufe hatten Furchen in den moosbedeckten Stein gewaschen und versickerten gurgelnd in der Erde. Trotzdem wanderte sein Blick schnell zurück zu den wuchtigen Felsen, ehe er an Spinnweben hängen blieb. Er wollte lieber nicht wissen, was alles für Viehzeug in diesem Gestein wohnte. Wenn er es sich genau überlegte, wollte er gar nicht wissen, wer oder was in den Höhlen lebte, denn in der Luft hing der Geruch von Moder und Schwefel.

Heribert schien seine Sorge nicht zu teilen. „Hallöchen!", schrie der Hamster zu Leons Entsetzen. „Ist jemand zu Hause?"

„Schhh!", zischte Jimmy, der genauso schockiert wirkte wie er. „Spinnst du? Wir wissen doch nicht, womit wir es zu tun haben."

Eine Sekunde lauschten sie angespannt, aber abgesehen von Vogelgezwitscher und Heriberts quiekendem Gelächter war nichts zu hören. Leon fand es befremdlich, dass das Tier sich auf die Schenkel klopfte, hatte allerdings keine Zeit, sich zu wundern, da der dreiste Hamster erneut anhob: „Dracoooo! Bist du da?" Das Echo der piepsigen Stimme hallte von den Höhlenwänden wider und Leon biss die Zähne zusammen. Er war kurz davor, den kleinen Kerl von Ellas Schulter zu pflücken.

„Willst du uns umbringen?", fauchte er leise und sah sich angespannt nach allen Seiten um. Der Nager aber musterte ihn herablassend.

„Entspann dich. Hier ist nichts außer einem Haufen Steine. Das kann ich fühlen. Hamsterinstinkt."

Leon war schon geneigt, ihm Glauben zu schenken, als Jimmy sich wieder zu Wort meldete.

„Was war das?", fragte sein bester Freund beunruhigt.

Alarmiert hielt Leon den Atem an und griff nach einem kümmerlichen Zweig, mit dem er im Ernstfall nicht viel ausrichten konnte. Seine Muskeln spannten sich, bereit, Fersengeld zu geben. Dann hörte er es ebenfalls.

Es war wie ein Donnergrollen in der Ferne, das schnell näher kam und sich dröhnend auf sie zubewegte. Da er Gewitter verabscheute, rutschte ihm das Herz in die Hose. Das Stöckchen in seiner Hand begann zu zittern, was jedoch daran lag, dass es sich mit Sicherheit nicht um ein Gewitter handelte. In diesem Augenblick hätte er jedes Unwetter dem unheimlichen Geräusch vorgezogen, das zweifelsfrei aus dem Inneren der Höhle stammte. Ein paar Steinchen lösten sich aus der Felsöffnung und kullerten ihnen vor die Füße, während sie sich ängstlich zusammendrängten. Da explodierte eine Feuerkugel, deren Flammen gierig aus dem Eingang züngelten.

„Huhaaaaaaaa", dröhnte eine rauchige Stimme, die durch Mark und Bein ging. „Wer wagt es, meine Ruhe zu stören und mich zu verspotten?"

Leon war zu beschäftigt mit Schlottern, als dass er hätte antworten können. Wütend warf er Heribert einen Seitenblick zu. Der Nager wirkte sehr klein mit Hut und krallte die Pfoten in Ellas Hemd. So viel zum Thema Hamsterinstinkt …

Gelber Rauch quoll aus dem Höllenloch, während die Flammen zu einem kleineren Feuer zusammenschrumpften, doch was sie preisgaben, ließ ihm das Blut in den Adern gefrieren.

Ein riesiger Schatten zeichnete sich auf der inneren Felswand vor ihnen ab, sodass die Höhle mit einem Mal klein wirkte. Zumindest zu klein für den Schatten, der sich hinter dem flackernden Feuerschein bewegte. Das allein wäre furchteinflößend genug gewesen, aber die Silhouette unterschied sich von allem, was Leon zuvor gesehen hatte. Fassungslos zählte er sieben Köpfe mit je zwei Hörnern. Die Häupter des Ungeheuers hingen an langen Hälsen und gehörten offensichtlich zu einem Körper. Einem Körper mit vier Beinen, vier Schwänzen und zwei Armen, die in tödlich aussehenden Klauen endeten. Wenn er ein Monster hätte beschreiben müssen, wäre es dieser Schatten gewesen. Zwar arbeitete sein Gehirn unter Schock langsamer, trotzdem drangen die wesentlichen Details zu ihm durch: Feuer, Schwefel, riesige Hörner …

„Ein Drache!", kreischte Heribert und flüchtete sich unter Ellas Hemd in ihren Rucksack. Leon begegnete den grünen Augen seiner Freundin und erkannte darin seine eigene mühsam unterdrückte Furcht. Jimmys Gesicht hingegen spiegelte nackte Angst. Sein bester Freund sah aus, als würde er jeden Moment in Ohnmacht fallen und Leon konnte es ihm nicht verübeln.

„Und? Ihr habt mich doch gerufen." Die grollende Stimme rollte über sie hinweg wie eine Gewitterfront.

„Was sollen wir jetzt tun?", murmelte Ella, ohne den Mund zu bewegen.

Da Jimmys Zähne lautstark klapperten, war seine Antwort kaum zu verstehen. „D-du b-b-b-bist die Dino-Ex-p-p-p-p-pertin."

Finster kniff Ella die Lider zusammen und ihre Finger zuckten, als wollte sie Jimmy eine verpassen. „Ja, Dino

– nicht Drachen!" Einen galoppierenden Herzschlag lang wagte niemand, sich zu rühren. Dann straffte ihre Freundin die Schultern, entwand Leon das Stöckchen und wagte sich näher an den Eingang heran. Da er sie keinesfalls allein gehen lassen wollte, folgte er ihr, den bibbernden Jimmy im Schlepptau.

„He, Flammenwerfer!", rief Ella in die flackernde Höhle. „Bist du Draco? Das dritte Wunder?"

Ein Brüllen dröhnte von den Wänden und Leon drängte sich der Gedanke auf, dass es unklug war, den Drachen zu reizen. Beschwichtigend packte er Ella am Arm, als plötzlich der Zweig in ihrer Hand Feuer fing und sie ihn hastig losließ.

„Der bin ich", polterte es aus der Dunkelheit und eine Schwefelwolke schlug ihnen entgegen. „Ich bin Draco – der Mächtigeee!"

Hätten seine Knie weniger gebebt, hätte Leon über das Theater gelacht. So musste er einen Kloß im Hals hinunterschlucken, um seinen nächsten Satz hervorzuwürgen.

„Ähm, hi", begann er unsicher. „Wir sind Ella, Jimmy und Leon ... und natürlich Heribert der Sechste." Ein entsetztes Quieken tönte aus dem Rucksack seiner Freundin, doch wenn man bedachte, dass der Hamster ihnen den Schlamassel eingebrockt hatte, fand er es nur fair, die Gegenwart des Nagers hervorzuheben. „Die Sache ist die … also … na ja … Hans hat uns geschickt – der Schnapphans. Wir sollen in seinem Auftrag die Welt retten und er meinte, du könntest uns helfen."

Das furchteinflößendste Lachen, das er je gehört hatte, erfüllte die Luft, ehe es in einem merkwürdigen Husten endete. Irritiert runzelte Leon die Stirn, doch der Drache fasste sich schnell, und als er erneut zu sprechen anhob, klang seine Stimme noch dunkler.

„Und was veranlasst euch zu der Annahme, ich würde euch helfen? Ich weiß, was ihr wollt. Ihr seid auf der Suche nach dem Gladius Draconis, nicht wahr? Aber ich bin nicht gewillt, es euch zu geben. Der Schnapphans, dieser alte Holzkopf, hat euch in den Tod geschickt."

Leon hörte Jimmy wimmern und unterdrückte den Impuls, sich auf dem Absatz umzudrehen, um schreiend davonzulaufen.

„Du gibst uns gefälligst dieses Klatschipus-Dings oder ich mache Drachenragout aus dir!", krakeelte Ella und hätte sicher noch einiges hinzugefügt, wenn Leon ihr nicht den Mund zugehalten hätte.

„Was sie eigentlich meint, ist: Hast du kein Interesse, die Welt zu retten?"

Wieder ertönte das Lachen. „Die Welt retten? Wie sollten drei Kinder das schaffen? Ich lebe schon lange auf der Erde und bisher waren es starke Helden, die sich dieser Aufgabe angenommen haben. Manche von ihnen mussten ihr Leben lassen, aber sie waren erwachsen und hatten eine Chance. Ihr dagegen habt keine – von einem Hamster ganz zu schweigen. Ich denke, euer pelziger Begleiter wird meine Vorspeise. Oder das Dessert ..."

Im Prinzip hatte Leon damit kein Problem, aber das Gespräch entwickelte sich in eine gefährliche Richtung. Fast hatte er sich damit abgefunden, dass seine Freunde und er in wenigen Minuten zum Nachmittagssnack werden würden.

„Hans sagte etwas von einer Prüfung", versuchte er tapfer seinen letzten Trumpf auszuspielen.

„Ahh", tönte es aus dem Schatten. „Jaja, die Prüfung. Lästige Klausel im Wunder-Vertrag." Leon stutzte, doch der Drache fuhr fort. „Wenn ihr sie besteht, bin ich gezwungen, euch zu verschonen, aber macht euch keine Hoffnungen. Bisher ist das niemandem gelungen."

„Nenn uns die Aufgabe", verlangte Ella, die sich verärgert aus seinem Griff befreit hatte.

„Schon mal was von Siegfried, dem Drachentöter gehört? Ihr werdet mich erschlagen müssen. Und nur einer von euch darf in den Kampf ziehen."

Einen Moment herrschte Schweigen. Dann meldete sich Jimmy zögerlich zu Wort. „Aber wir können dich nicht umbringen. Bist du nicht eine vom Aussterben bedrohte Art?"

Der Drache gluckste. „Mach dir darüber keine Gedanken. Ihr werdet mich nicht töten."

Die unausgesprochene Konsequenz, dass stattdessen sie ihr Leben aushauchen würden, stimmte Leon wenig froh, war allerdings ziemlich wahrscheinlich.

„Ich werde gehen", entschied Ella und zog ihren roten Pferdeschwanz straff. Sie wirkte entschlossen, doch Leon war nicht bereit, sie in die Höhle marschieren zu lassen.

„Was? Nein! Bist du verrückt? Das ist es nicht wert!"

Ella schüttelte den Kopf und sah ihn eindringlich an. „Uns rennt die Zeit davon, Leon. Du bist nicht besonders sportlich und Jimmy kann sich kaum auf den

Beinen halten." Sie zog das schlabbrige Hemd aus und setzte ihren Dinorucksack ab. „Ich werde gehen." Ihr energischer Tonfall duldete keinen Widerspruch, sodass Leon zusehen musste, wie sie sich mit einem großen Stein bewaffnete. Sobald sie sich aufrichtete, verzogen sich ihre Lippen zu einem schiefen Lächeln. „Außerdem bin ich die Mutigste von uns dreien – uns vieren", verbesserte sie sich mit einem Seitenblick in Richtung Heribert, der ängstlich unter der Klappe ihres Rucksacks hervorspähte. Leon zwang sich zu einem Grinsen, aber es wollte ihm nicht gelingen. Während er seine Freundin umarmte, wurde ihm bewusst, dass er dies womöglich zum letzten Mal tat. Auch Jimmy wirkte betreten, als Ella ihm aufmunternd eine Hand auf die Schulter legte. „Keine Sorge, Jungs. Ich bringe uns dieses Klaritus Draculus."

„Gladius Draconis", korrigierte Leon.

„Sag ich doch", entgegnete Ella. Ein verrücktes Glitzern trat in ihre Pupillen, ehe sie sich der Felsöffnung zudrehte. „He, Draco!", rief sie dem mächtigen Schatten entgegen, die Muskeln lockernd, den Felsbrocken fester fassend. „Stell die Gewürze bereit. Wenn ich mit dir fertig bin, gibt es Drachenfrikadelle." Mit dieser Ansage betrat sie die Höhle.

Hilflos verfolgte Leon, wie seine Freundin um das qualmende Feuer herumging und sich unschlüssig nach rechts und links drehte.

„Komm nur her, Ella Drachentöterin", spottete die Stimme, und Ella schlich in Richtung des linken Seitengangs. Besorgt beobachtete Leon, wie sie die Schultern straffte und die Hand mit dem Stein hob, bevor sie den dunklen Tunnel betrat, der sie augenblicklich verschluckte. Einen nervenaufreibenden Moment passierte nichts. Dann hörte er seine Freundin fluchen:

„Was zum Teufel …"

Adrenalin schoss durch seinen Körper und alles in ihm drängte ihn, ihr zur Hilfe zu eilen, aber Jimmys Griff hatte sich wie ein Schraubstock um seinen Arm geschlossen.

„Ella!", brüllte er, als plötzlich Tumult aus dem Hohlraum klang und Kampfgeschrei zu ihnen herauswehte.

„Ich bring dich um!"

„Nein! Au!"

„Du hast es so gewollt!"

„Autsch. Hör auf! Das tut weh! Hilfe! Hilfe!"

Leon hielt es keine Sekunde länger aus. Einen entsetzten Jimmy an der Hand rannte er in das steinerne Maul und stürzte in den Gang, in dem er seine Freundin hatte verschwinden sehen. Beinahe wäre er in einen Felsvorsprung geknallt, sodass sein Freund in ihn hineinlief. Dann blieb er wie angewurzelt stehen.

Die Szene, die sich ihnen bot, überstieg seine wildesten Vorstellungen. Einer der Kämpfenden war übel zugerichtet – doch es war nicht Ella. In eben dieser Sekunde ließ sie ihren Stein auf eine Miniaturausgabe des Drachen herabfahren und traf ihn auf einen der sieben Köpfe.

„Aua! Hey!", schimpfte das kleine Ungeheuer, während es versuchte, einem erneuten Angriff auszuweichen. Mit der schemenhaften Schattengestalt aus der Eingangshöhle hatte es nicht viel gemein. Zwar wirkte es um einiges realer, allerdings weit weniger bedrohlich. Sogar seine Stimme klang anders. „Autsch, nun ist es aber genug! Jetzt pfeif doch jemand dieses Mädchen zurück. Lass das, du Verrückte!"

Ella ließ den Stein noch einmal auf einen anderen Kopf knallen, bevor sie keuchend zurücktrat.

Stöhnend brachte der Drache seine Hälse außerhalb ihrer Reichweite. „Also das wäre nicht nötig gewesen. Der letzte Schlag war einfach bösartig."

„Bösartig?", wiederholte Ella empört. „Du warst derjenige, der uns umbringen wollte!"

74

„Aber das war doch nur Show", verteidigte sich ihr dunkel geschupptes Gegenüber verstimmt. Leon fiel auf, dass der Drache aus allen sieben Mündern gleichzeitig sprach.

„Ich verstehe das nicht", flüsterte Jimmy, der hinter ihm an einer Felswand hinunterrutschte, wo er mit ausgestreckten Beinen sitzen blieb. Ella schnalzte ungehalten mit der Zunge und warf den Felsbrocken in die Luft, um ihn mühelos wieder aufzufangen.

„Was gibt es daran nicht zu verstehen? Wir wurden reingelegt. Unser Drache ist gar kein Drache!"

„Hey!", schaltete sich das Wesen ein, das Leon bis zum Bauchnabel reichte und ihn an eine siebenköpfige Gottesanbeterin erinnerte. „Ich bin vielleicht nicht besonders groß und kann auch nicht gut Feuer spucken, aber ich bin trotzdem ein waschechter Drache!"

Zweifelnd sah Ella auf ihn herab und auch Leon war nicht überzeugt, allerdings zu erleichtert, dass seine Freundin am Leben war, um darüber ein Wort zu verlieren.

„Aber woher dann die Flammen?", wollte Jimmy wissen. „Was ist mit dem Schatten, dem Schwefel und dem Rauch?"

Abwehrend winkte der Drache ab. „Spezialeffekte.

Der Schatten? Eine Projektion. Seht her." Er griff nach einem blechernen Sprachrohr, das er verloren haben musste, während Ella auf ihn eingeprügelt hatte, und führte es an die Lippen eines Kopfes. Plötzlich erklang die schreckliche Stimme aus der Haupthöhle: „Ich bin der mächtige Dracooo! Der gefürchtetste unter den Drachen! Und so weiter und so weiter …"

Endlich kapierte Leon. Die ganze Zeit war ihm etwas komisch vorgekommen. Nicht nur die übertriebene Dramatik und das Hüsteln hatten ihn irritiert. Nach den Gesetzen der Physik konnte ein Gegenstand einen Schatten werfen, wenn er sich zwischen einer Lichtquelle – also dem Feuer – und einer Projektionsfläche – in diesem Fall der Steinwand – befand. Um einen Schatten zu werfen, hätte der Drache demnach in der Eingangshöhle stehen müssen – was nicht der Fall gewesen war und damit bedeutete, dass das Abbild nicht hätte entstehen dürfen …

„Ich habe seit dem letzten Auftritt viel geknobelt und einige Verbesserungen vorgenommen", bemerkte der Drache, der Leons Gedanken erraten zu haben schien. „Wir Wunder haben Zugriff auf sämtliches Wissen aller Epochen. Deshalb kennen wir eure Sprache und ihre Begriffe. Außerdem existiert meine Höhle in jeder Zeit, sodass ich überall Besorgungen machen kann und immer up to date bin." Stolz warf das Tier sich in die Brust und die vierzehn Augen glänzten aufgeregt. „Die Schwefelwolke ist neu. Hat sie euch gefallen?"

„Wann war denn dein letzter Auftritt?", fragte Leon verwirrt.

Der kleine Drache wiegte nachdenklich die Hälse, während er die Jahre an den Krallen abzählte. „Ich würde sagen, vor ziemlich genau zwei Jahrhunderten. Ihr seid die Ersten, die ich seitdem zu Gesicht bekomme." Das erklärte zumindest seine Begrüßungsmanieren …

„Warte mal", schaltete Ella sich ein. „Soll das heißen, du hockst seit über zweihundert Jahren in diesem Loch und machst – was? Dir Gedanken, wie du Leute erschrecken kannst?"

„Du sagst das, als wäre es etwas Schlechtes."

„Na ja, es gibt bessere Wege, sich die Zeit zu vertreiben, oder?", pflichtete Jimmy ihrer Freundin bei.

Gekränkt trat Draco einen Schritt zurück. „Okay, das tat weh. Aber ihr steht wahrscheinlich unter Schock, also werde ich über diese Beleidigung hinwegsehen."

Ella schüttelte den Kopf. „Wir sind einfach ehrlich", korrigierte sie geradeheraus, womit sie das Schuppenwesen ernsthaft zu verletzen schien. Fast sah es aus, als würde der Drache in Tränen ausbrechen.

„Ihr versteht das nicht. Ich kann ja schlecht meine Höhle verlassen und mir nichts, dir nichts durch die Straßen spazieren. Ich habe einen Ruf zu verlieren und obendrein einen Job. Wenn sich herumspricht, dass ich ohne technische Hilfsmittel kaum einen Holzspan entzünden kann, verlieren die Leute den Respekt und ich kann den Laden hier dichtmachen. Wahrscheinlich würden sie mich fangen und wie eine Kuriosität auf dem Markt ausstellen." Er ließ die Köpfe hängen. Dann fing er an zu weinen. „Dabei will ich doch nur leben! Deshalb habe ich diese Wunderstelle überhaupt angenommen!" Er schniefte. „Wisst ihr, es ist nicht leicht für einen unsterblichen Drachen, seinen Platz in der Welt zu finden. Früher, da war das anders. Oh ja, früher, in den guten alten Zeiten! Als Dinosaurier die Erde besiedelten und Drachen den Himmel."

„Du kannst fliegen?", hakte Jimmy nach.

„Neeein!", heulte Draco. „Ich bin zu nichts zu gebrauchen. Nicht einmal meine liebevollen Inszenierungen werden geschätzt!" Als er hemmungslos zu schluchzen anfing, bekam Leon Mitleid.

„Also mir hat die Show gefallen", sagte er deshalb.

„Wirklich?", fragte Draco und einer seiner Hälse verrenkte sich beinahe, um ihn anzusehen.

„Ja", bekräftigte er. „Ich hatte richtig Angst und dann die Nummer mit der Explosion. Spektakulär!"

Freudig wandte der Drache sich ihm zu. „Das ist das Netteste, was in fünfhundert Jahren jemand zu mir gesagt hat." Sieben Tränen rollten seine sieben rechten Wangen hinunter. „Eigentlich ist es das Netteste, was überhaupt irgendwer je zu mir gesagt hat."

Ungläubig zog Leon die Brauen zusammen. Jetzt tröstete er schon das Monster, das sie hatte umbringen wollen. Offenbar war der Drache verdammt einsam.

„Wisst ihr, ich bin wie die meisten Künstler zutiefst missverstanden", fuhr Draco fort und wirkte bereits gefasster. „Ich lebe von einer Legende. Das ist nicht einfach."

Leon nickte, weil er nicht wusste, was er sonst tun sollte.

„Dann wolltest du uns nie töten?", fragte Jimmy.

Entsetzt blinzelte Draco ihn an. „Wo denkst du hin? Nein! Ich bin Vegetarier! Für euren Hamsterfreund hätte ich eine Ausnahme gemacht, aber ich esse doch keine Menschen!"

„He!", piepste es zu ihren Füßen. Wie es aussah, hatte sich Heribert der Sechste endlich zur Rettung be-

quemt. „Ich bin der stärkste unter den Hamsterhammers. Versuch mich zu fressen und ich prügele dich
windelweich!"

Bevor es wieder zu einer Auseinandersetzung kommen konnte, schaltete sich Ella ein. Auch sie schien
jetzt bereit, einen versöhnlichen Tonfall anzuschlagen.

„Dann war das ganze Tamtam nur Theater? Wozu?"

„Wegen der Prüfung natürlich", erklärte Draco. Er
rieb sich die Seite, wo sie ihn mit dem Stein erwischt
haben musste. „Glückwunsch übrigens. Ihr habt sie
bestanden."

„Aber ich habe dich nicht erschlagen", stellte Ella wenig feinfühlig fest.

„Weil deine Freunde rechtzeitig dazwischengegangen
sind", erwiderte ihr geschupptes Gegenüber. „Abgesehen davon ging es nie darum, einen Drachen zu töten.
Die Prüfung war eine Metapher, eine Art bildlicher
Vergleich, versteht ihr?" Sie verstanden nicht. „Sie
sollte euren Mut auf die Probe stellen, eure Tapferkeit", führte Draco aus. „In dem Moment, in dem diese
rothaarige Kriegerin in meine Höhle marschiert ist,
um sich einem grausamen Drachen zu stellen, hatte
sie bereits bestanden."

„Das", befand Jimmy stirnrunzelnd, „ist eine blöde

Prüfung."

„Nicht wahr?", gab Draco zu. „Aber besser als ein Kampf auf Leben und Tod."

Dem konnte Leon nur zustimmen. Trotzdem ... „Hätten wir uns das Trara dann nicht sparen können, um in Ruhe über den Gladius Draconis zu sprechen?"

„Oh, nein, nein", entgegnete Draco mit ernster Miene. „Erst durch Ellas Mut werden seine Kräfte aktiviert. Ohne die Tapferkeit eines Helden – oder einer Heldin – ist es ein stinknormales Schwert. Ziemlich protzig, aber nichts ohne die magische Power."

„Der Gladius Draconis ist also ein Schwert", stellte Jimmy fest.

„Das Schwert des Drachen", bestätigte Draco. „Ich weiß auch nicht, wieso alles ins Latein übersetzt wird, aber kommt, ihr habt nicht viel Zeit und wir müssen den Gladius herstellen." Sie folgten ihm aus der Höhle und gingen zu der Quelle, die wenige Meter weiter aus dem Felsen sprudelte. Zwar hatte Leon nie ein magisches Schwert oder sonst eine Klinge geschmiedet, doch es stellte sich heraus, dass sie weder einen Hammer noch einen Amboss benötigten. Wieder wurde er überrascht, sobald Draco seine Freundin aufforderte, zwei Hände voll Wasser zu schöpfen, und sich darauf räusperte. „Das ist der schwierige Teil", erklärte er, bevor er seine Köpfe um die Mulde in Ellas Handflächen sortierte und tief Luft holte.

Unsicher, was ihn erwartete, schaute Leon zu, wie Draco die Augen zusammenkniff, und hatte schon Sorge, der Drache würde platzen, als sich ein schwacher Lichtschein die schuppenbesetzten Hälse hinauf bahnte und er sieben winzige Funken hustete, die sich zu einer fünf Millimeter großen Flamme verbanden. Skeptisch tauschte Leon einen Blick mit seinen Freunden, aber Draco lächelte zufrieden. Triumphierend klatschte der Drache in die Klauen und führte spontan einen Freudentanz auf, bei dem er sich mit dem Hintern wackelnd um die eigene Achse drehte. „Uhhh yeah! Ich bin so gut. Ich hab's noch drauf. Ich bin ein feuerspuckender Drache, Leute!" Als er sich ihnen zuwandte und Ellas berühmter Augenbraue begegnete, wickelte er verlegen den Schwanz um seine Vorderbeine. „Einigen wir uns darauf, dass ihr das nie gesehen habt."

Jimmy und Leon grinsten, wurden aber ernst, sobald sich die Echse dem winzigen Flämmchen widmete und es in das Quellwasser pustete, das langsam zwischen Ellas Fingern hindurchsickerte. Voller Staunen stellte Leon fest, dass der Funke nicht ausging, sondern in der Mitte der klaren Flüssigkeit schweben blieb. Dann begann sich die Flamme zu winden und wurde zu einer kleinen Feuerspirale, die zusehends an Höhe gewann. Gleichzeitig wirbelte ein Ministrudel die verbliebene Flüssigkeit auf, die sich in die entgegengesetzte Richtung drehte. Wie hypnotisiert beobachtete Leon das Kreisen der Elemente, während sie sich immer schneller bewegten und ihre Spiralen über Ellas Finger hinausschraubten. Es schien, als würden Feuer und Wasser einen Tanz aufführen, ehe sie sich umeinanderwickelten und zu einer Säule wuchsen. Schließlich explodierte ein gleißendes Licht, und Leon kniff geblendet die Lider zusammen. Als er wieder etwas erkennen konnte, sah er die beeindruckende Gestalt eines Schwertes in den Händen seiner Freundin.

„Wow", hauchte Ella und brachte es damit auf den Punkt.

„Voll cool!", rief Jimmy, worauf Draco sich erfreut verneigte.

Der Gladius war ein schönes Schwert und erinnerte in seiner Form an das eines Ritters. Sein goldener Griff war mit kunstvollen Flammenmustern besetzt und die Schneide durchscheinend wie Wasser. Es schien perfekt auf Ellas Größe angepasst und strahlte in einem schimmernden Glanz. Der Knauf war verziert mit einem Drachenkopf. Ehrfürchtig ließ Ella das Schwert um ihren Arm kreisen, als hätte sie nie etwas anderes getan.

„Und was kann es?", wollte sie wissen.

„Nun, es verleiht Stärke, macht dich zu einer hervorragenden Kämpferin, zerschneidet so gut wie jedes Material und ist darüber hinaus ein schickes Accessoire … Such dir was aus."

„Cool!", wiederholte Jimmy, und Draco nickte.

„Davon abgesehen hat es eine integrierte Kompassfunktion und kann natürlich als überdimensionaler Brieföffner genutzt werden."

Leon glaubte nicht, dass sie auf ihrer Reise Briefe öffnen mussten, aber es war gut, das Schwert dabeizuhaben.

„Vielen Dank für deine Hilfe", wandte er sich deshalb an den Drachen, der bescheiden abwinkte.

„Ich danke euch", entgegnete Draco. „So gute Gesellschaft hatte ich seit fünfhundert Jahren nicht mehr. Ihr kommt mich doch besuchen, oder? Ihr findet mich zu jeder Zeit genau hier. Und ich backe vorzügliche Drachenkekse! Die sind sogar vegan!" Sie versprachen es und Leon lächelte, während das kleine Wesen ihnen die Hände schüttelte. Dann verabschiedeten sie sich, um ihren Weg fortzusetzen.

Als er sich noch einmal umdrehte, sah er, dass Draco ihnen vom Eingang seiner Höhle aus nachwinkte. Grinsend schüttelte er den Kopf. Wie sehr der erste Eindruck täuschen konnte…

Kapitel 4

Riesenfalle, Riesenglück

Hätte Leon geahnt, dass diese Weltrettungsaktion mit so viel Fußmarsch verbunden sein würde, hätte er sich das Ganze wahrscheinlich überlegt. Fast zwei Stunden kraxelten sie nun bereits bergauf und hatten ihr Ziel noch immer nicht erreicht. Seine Muskeln brannten, die Beine zitterten und der letzte Schluck Wasser war ihm fünf Minuten den Hang runter ausgegangen. Nie hätte er geglaubt, dass er sich einmal wünschen würde, den Sportunterricht ernster genommen zu haben, doch in diesem Moment tat er es. Dass seine Freunde ebenfalls keuchten, tröstete ihn wenig. Da er aber nicht schon wieder um eine Pause bitten wollte, versuchte er sich bewusst zu machen, wieso sie hier waren.

Hans hatte ihnen aufgetragen, das sechste Wunder vor dem vierten aufzusuchen. Was genau der Kopf dabei im Sinn gehabt hatte, vermochte er nicht zu sagen. Vielleicht war es Schicksal oder die Tatsache, dass sie so nicht dreimal die Saale überqueren mussten. Fakt war, dass sie jetzt mit der Steigung des Hausberges kämpften. Während Leon sich durch dichte Bäume schob, zerbrachen Zweige unter seinen Füßen, denn eine befestigte Straße gab es nicht. Seit gut neunzig Minuten mühte er sich deshalb mit den tief hängenden Ästen eines grünen Buchenmischwaldes ab. Zwar fielen Sonnenstrahlen durch die Blätterkronen, sodass es ein schöner Ausflug hätte sein können, wenn man aber bedachte, in welchem Tempo sie die Anhöhe erklommen, war es eher Extremsport statt Vergnügen.

Das Hämmern eines Spechtes durchdrang die schwüle Sommerluft und er wischte sich den Schweiß von der Stirn. Auch seine Freunde hatten seit geraumer Zeit nichts gesagt, nur Heribert quasselte munter auf sie ein und trieb sie zur Eile an. Der Hamster hatte sich einen Grashalm organisiert, den er zu seinen Motivationsreden schwang, während er sich von Ella durch die Gegend kutschieren ließ. Insgeheim war Leon froh, dass er weder den Nager noch den Gladius tragen musste, dessen Heft aus dem Rucksack seiner Freundin ragte. Heriberts Sprüche blieben ihm jedoch nicht erspart: „Wo ein Wille ist, ist auch ein Weg! … Erfolg hat sechs Buchstaben: machen! …" Er glaubte nicht, dass es schlimmer kommen konnte, als der Wald sich lichtete und ihr Pfad sie auf weißen Kalkstein am Rand einer abschüssigen Felswand leitete. Von dort aus führte eine schmale Schneise weiter die Anhöhe hinauf.

Stöhnend stemmte Leon die Hände in die Hüfte. Das konnte doch nicht wahr sein! Eigentlich hatte er keine

Höhenangst, trotzdem wurde ihm schlecht, sobald er in die Tiefe schaute. Bäume wichen dort einem spärlichen Hangbewuchs. Einige Meter unter ihnen sah er eine Herde Ziegen, die zwischen Obstwiesen und Weinbergen graste. Indessen zerrte der Wind an seinen Kleidern und jagte durch vertrocknete Sträucher. In diesem Augenblick war er froh, dass sie einen regenfreien Tag abgepasst hatten. Bei Unwetter und Sturm wäre ihr Trip noch riskanter gewesen ...

Mit mulmigem Gefühl folgte er Ella und Jimmy den Trampelpfad entlang, der im Zickzack den Muschelkalkfelsen emporführte. Immer wieder musste er sich dabei an kümmerlichen Pflänzchen festhalten oder gar in Disteln greifen, während hellgraues Geröll unter seinen Schuhen davonkullerte. Um nicht abzustürzen, war er sogar gezwungen, in ein Spinnennetz zu fassen, worauf ihm die aufgebrachte Besitzerin den Arm hinaufwuselte. Als seine Füße festen Grund fanden und sie das Bergplateau erreichten, war er deshalb erleichtert. Sofort gaben seine Beine unter ihm nach und er ließ sich auf den Rücken fallen. Ein paar stolpernde Pulsschläge betrachtete er die Wolken über sich. Dann stand er auf, um festzustellen, dass die Sonne ihren Zenit überschritten hatte. Die Zeit hatte nicht auf sie gewartet. Wenn sie jedes Mal zwei Stunden zum nächsten Wunder brauchten, sah er für die Rettung der Welt schwarz.

Dennoch raubte ihm der Ausblick den Atem. In der Senke erstreckte sich das Jena des sechzehnten Jahrhunderts. Obwohl es inmitten grüner Landschaft und angrenzender Berge verloren wirkte, versprühte es einen gewissen Charme. Wieder stellte er fest, wie klein das ummauerte Städtchen war. Ebenso überraschte ihn das Bild, welches sich ihm bot, sobald er sich seinen Freunden zuwandte.

Hinter Jimmy und Ella erhob sich ein Turm, der aussah wie einem Märchenbuch entsprungen. Sofort musste er an Rapunzel denken, sodass es ihn nicht gewundert hätte, wenn ein langer Zopf die Fassade hinuntergefallen wäre. Doch der Ort wirkte verlassen. Es schien, als wäre der steinerne Gigant vor langer Zeit auf dem Felsplateau ausgesetzt worden. Leon war schleierhaft, wie irgendjemand die unregelmäßigen Gesteinsblöcke heraufgeschafft haben sollte, aber der mächtige Zylinder war dick wie das Bein eines Brachiosaurus oder der Umfang zweier Mammutbaumstämme. Während er an dem hellen Naturstein hinaufsah, erkannte er in dreißig Metern Höhe ein schwarz geziegeltes Kegeldach, das majestätisch in den Himmel aufragte. Davon abgesehen gab es ein Fenster sowie eine vergleichsweise kleine Tür.

„Und jetzt?", wollte Jimmy wissen. Ella wirkte genauso ratlos.

„Vielleicht solltet ihr es mit Klopfen versuchen", schlug Heribert vor. „So machen höfliche Leute das nämlich." Da niemand sonst eine Idee hatte, überbrückten sie den Abstand zu der rund geschnittenen Holztür und blieben unschlüssig stehen. Zögerlich tauschte Leon einen Blick mit seinen Freunden, bevor er die Hand hob und dreimal laut dagegenschlug. Das Geräusch hallte im Inneren des Turmes wider und breitete sich nach oben aus. Dann erstarb es. Erwartungsvoll hielt er den Atem an, aber es waren weder Schritte noch sonst etwas zu vernehmen. Er wollte schon anmerken, dass niemand zu Hause sei, als die Erde unter seinen Füßen zu beben begann.

Ein Schrei drang an seine Ohren und es dauerte, ehe er begriff, dass es sein eigener war. Ungläubig beobachtete er, wie loser Kalkstein auf und ab zu hüpfen begann und der karge Felsboden Risse bekam.

„Was ist das?", kreischte Ella, die in die Knie gegangen war, um das Beben auszugleichen. Heribert war von ihrer Schulter gepurzelt und auch Jimmy hatte es der Länge nach hingelegt. Schnell half Leon seinem Freund auf.

„Weg von dem Turm!", schrie er Ella zu, die nicht lange fackelte, den Hamster einsammelte und die Beine in die Hand nahm. Zwar hatte Leon keine Ahnung, womit sie es nun wieder zu tun hatten, doch eines war klar: Wenn der Turm über ihnen zusammenstürzte, wären sie matsch. Getrieben von diesem Gedanken beeilte er sich, Jimmy in Richtung des nahe gelegenen Waldstückes zu ziehen, während die Erde unter ihnen Wellen der Vibration aussandte. Indessen hörte er Felsen knirschen und etwas krachen. Es klang wie Fingernägel auf einer Tafel, vielmehr befürchtete er jedoch, dass der Berg unter ihnen zusammenbrechen würde.

„Haltet euch fest!", brüllte er, sobald sie die Bäume erreichten, und zwang Jimmy, sich an einen Stamm zu klammern, bevor er selbst die Arme um einen zweiten schlang. Harte Rinde schürfte ihm die Haut auf, aber es störte ihn nicht. Drei Buchen weiter sah er Ella es ihnen gleichtun. Heribert schien erneut in ihren Rucksack geflüchtet zu sein.

Während Blätter auf sie herabregneten, spähte Leon zu dem Turm, der auf der Anhöhe hin und her schwankte. Tiefe Furchen waren in dessen Umgebung entstanden und die Erde platzte weiter auf, worauf Fontänen aus Stein und Dreck in die Luft spritzten. Fast hätte man meinen können, etwas wolle aus dem Berg heraus. Aber das war unmöglich …

Leon traute seinen Augen nicht, als der wankende Turm zu flimmern begann und sich vor ihnen in einen Finger verwandelte. Eine Sekunde zweifelte er an seinem Verstand. Er blinzelte heftig, doch es ließ sich nicht leugnen. Als hätte jemand einen Schleier von der Wirklichkeit gezogen, ragte zwanzig Meter vor ihm ein riesiger Finger aus der Erde. Ein Finger, der zusehends in sich zusammenschrumpfte. Gleichzeitig wurde das Beben stärker, sodass ihm die Zähne aufeinanderschlugen. Gebannt beobachtete er, wie der Finger die Größe eines Baumes annahm, eines Astes und schließlich eines Stockes. Gerade glaubte er, die ungewöhnliche Erscheinung würde einfach im Gestein verschwinden, da hörte sie auf zu schrumpfen und etwas wuchs unter ihr aus dem Felsen. Vollkommen sprachlos erkannte er, wie sich eine Hand mit vier weiteren, zur Faust geballten Fingerknöcheln aus dem Boden schob, denen ein Unterarm und ein Ellenbogen folgten. Er staunte nicht schlecht, als ein Kopf durch den Kalkstein brach, an dem ein Hals hing, darunter ein Körper, der in zwei Beinen und nackten Füßen endete. Kaum dass der letzte Zeh den Weg aus der Erde gefunden hatte, hörte das Beben auf.

Mit offenem Mund begaffte Leon den riesigen Mann, der vor ihnen aus dem Berg gestiegen war und nun mit dem Rücken zu ihm stand. Die rechte Faust mit dem ausgestreckten kleinen Finger hielt er nach wie vor in die Luft.

„Das ist der größte Mensch, den ich je gesehen habe", flüsterte er mehr zu sich selbst als an irgendjemand Bestimmten gerichtet. Da drehte sich der Hüne zu ihnen herum und blinzelte schläfrig. Er musste fünf Meter messen und wurde sogar noch länger, sobald er die Arme über den Kopf hob, um sich zu strecken. Steine und Schutt rieselten dabei aus seinen Kleidern und er gähnte herzhaft, bevor er sich mit mülleimerdeckelgroßen Händen den Staub von der Hose klopfte. Dann schüttelte er die Weste aus und zog das Hemd zurecht, welches trotz der abnormen Größe ein wenig zu eng an den Schultern wirkte. Als die ozeanblauen Augen sie erfassten, huschte ein scheuer Ausdruck über das kantige Gesicht. Unsicher trat der Mann einen Schritt zurück, und einen Herzschlag lang betrachteten sie einander schweigend. Auch Jimmy und Ella hatten die Köpfe hinter den Baumstämmen hervorgestreckt und wirkten unschlüssig, was zu tun sei, doch zu Leons Überraschung war es sein dunkelhaariger Freund, der zuerst an den Riesen herantrat. Schnell packte Ella das Drachenschwert und heftete sich an seine Fersen, während Leon eilig folgte.

Langsam ging Jimmy auf den Riesen zu, blieb aber stehen, als dieser zurückwich und sich gefährlich nah an den Abgrund bewegte. Ungläubig beobachtete Leon, wie sein Freund die Hände ausstreckte.

„Ganz ruhig, wir wollen dir nichts tun!", rief Jimmy dem Koloss zu.

„Ähm, Jimmy", schaltete sich Leon ein. „Was tust du da?"

„Ich glaube kaum, dass er Angst vor uns haben muss", pflichtete Ella ihm bei. „Eher umgekehrt."

Doch ihr zuckerliebender Freund warf ihnen einen tadelnden Blick zu. „Er ist nicht gefährlich", erwiderte er und klang dabei überzeugt. „Schaut ihn doch an."

Alles, was Leon sah, war ein fünf Meter zwanzig großer Riese, aber er zweifelte nicht am Urteilsvermögen seines Freundes. Jimmy besaß eine gute Menschenkenntnis, und wenn er sagte, dass von dem Hünen keine Gefahr ausging, war es so. Ohnehin schien der Riese bei genauer Betrachtung vielmehr ein Jugendlicher als ein Mann zu sein. Während Leon die schmutzigen Gesichtszüge studierte, kam er zu dem Schluss, dass ihr Gegenüber nur wenige Jahre älter sein konnte als sie selbst. Er schätzte ihn auf fünfzehn, maximal sechzehn, denn die Wangen waren glatt und es gab keine Anzeichen für einen Bart, wie er ihn sich bei einem Riesen vorgestellt hätte. Davon abgesehen sah der Junge tatsächlich nicht besonders furchteinflößend aus. Zwar bedeckten seine Haut Spuren von Dreck und in den dunkelbraunen Locken hingen Reste von Erdklumpen, aber unter den buschigen Brauen blickten die blauen Augen sanft.

„Wir sind wegen der Wunderprüfung hier", rief Jimmy

dem Jungen zu, worauf dieser zögerlich einen Schritt auf sie zukam und mit drei weiteren bei ihnen war.

Beunruhigt hielt Leon die Luft an. Wenn Jimmy sich getäuscht hatte, würden sie es jetzt herausfinden. Doch der junge Riese machte keine Anstalten, sie anzugreifen, zu fressen oder was immer er erwartet hatte. Stattdessen ließ er sich vor ihnen nieder, sodass sie nun nicht mehr ganz so weit nach oben schauen mussten. Trotzdem bekam Leon langsam Nackenschmerzen.

„Entschuldigt bitte", begann der Riese mit gequälter Stimme. „Die meisten Menschen kommen hier hoch, um mich zu peinigen. Ich dachte, ihr wärt wie sie."

Umgehend bereute Leon seine Voreingenommenheit und Mitleid regte sich in ihm.

Ella schien es ähnlich zu gehen. „Wieso das denn?", fragte sie empört.

Die blauen Augen des Riesen glitten über das Drachenschwert und seine Lippen verzogen sich zu einem schiefen Lächeln. „Weil ich es nicht besser verdient habe." Als er ihre fragenden Gesichter bemerkte, seufzte er. „Vor langer Zeit, bevor Menschen dieses Land besiedelten, war es das Zuhause von mir und meiner Familie. Ich hatte sieben ältere Brüder, trotzdem war ich das Problemkind." Er schnitt eine

Grimasse. „Riesen sind nicht gerade für ihre feinfühlige Art bekannt, aber ich war der Schlimmste von allen. Ich habe geplündert und geraubt, wo ich konnte. Ständig war ich in Schlägereien verwickelt oder habe mich beim Glücksspiel vergnügt." Er lachte bitter. „Ihr müsst wissen, ich habe meine Mutter geliebt. Sie war eine wundervolle Frau und sah stets das Gute in mir. Doch eines Nachts – ich war wieder spät nach Hause gekommen – stellte sie mich vor die Wahl. Sie sagte, ich solle mich ändern oder sie würde mich vor die Tür setzen. Betrunken, wie ich war, verlor ich die Kontrolle. Ich stand im Begriff, sie zu schlagen, da spürte ich eine Fessel sich um meinen Unterarm legen. Bevor ich wusste, wie mir geschah, riss der Berg unter mir entzwei und zog mich in die Tiefe." Der Hüne betrachtete den kleinen Finger seiner rechten Hand und spreizte ihn ab. „Der hier ragt seitdem aus dem Stein. Zur Mahnung, wie ich inzwischen glaube. Dank des Zaubers, der mich bindet, halten die meisten Menschen ihn für die Überreste einer Burgruine, Fuchsturm nennen sie ihn. In Wahrheit ist er ein Denkmal der Schande." Er brach ab und seine Gedanken schienen in weiter Ferne. „Es ist meine Strafe, für immer im Felsen zu leben, doch das ist lange nicht so schmerzlich wie der Gesichtsausdruck meiner Mutter, bevor die magische Kraft meinen Arm einfing. An diesem Tag habe ich ihr Herz gebrochen. Das ist schlimmer, als bei lebendigem Leibe begraben zu sein."

Leon schluckte betroffen.

„Aber du wirkst gar nicht böse", wandte Jimmy ein.

„Nicht mehr", stimmte der Riese zu. „Ich hatte viel Zeit nachzudenken. Inzwischen ist meine Sippe ausgestorben. Die Herrschaft der Giganten ist vorüber, aber Legenden überdauern die Jahrhunderte. Hin und wieder erhalte ich Besuch, der es allerdings nicht gut mit mir meint. Jedes Mal, wenn ich herausgekommen bin, um der Einsamkeit zu entfliehen, wurde ich enttäuscht und gepiesackt. Durch die Fessel an meinem Arm kann ich mich nicht wehren. Abgesehen davon habe ich geschworen, nie wieder irgendwem Leid zuzufügen. Die Grausamkeit der Menschen ist Teil meiner Strafe", schloss er. „Ich habe ihre Schikanen verdient."

„Unsinn!", entrüstete sich Ella. „Das ist furchtbar! Niemand sollte drangsaliert werden!"

Der Hüne zuckte die Achseln.

„Wie heißt du?", fragte Jimmy behutsam, worauf der Riese überrascht aufschaute. Eine Sekunde hatte es den Anschein, er müsse sich erinnern.

„Turris", erwiderte er dann. „Mein Name ist Turris."

„Es freut uns, dich kennenzulernen, Turris", erwiderte sein Freund lächelnd. „Ich bin Jimmy und das sind Ella und Leon. Heribert der Sechste hat sich mal wieder verkrümelt, aber wir sind gekommen, um die Welt zu retten. Uns wurde gesagt, dass wir dafür deine Wunderprüfung bestehen müssen."

Turris nickte, bevor er sich das erdverkrustete Haar aus der Stirn wischte. „Es stimmt. Es gibt eine Prüfung. Doch ich fürchte, sie ist unlösbar."

„Wieso?", wollte Ella wissen. „Wir haben einen Drachen bezwungen. Was könnte schlimmer sein?"

Die Miene des Riesen spiegelte Hoffnungslosigkeit. „Was ihr braucht, ist das Netz der Gerechtigkeit. Das Retis iustitia, welches sich unglücklicherweise an meinem Arm befindet."

„Aber das ist doch gut, oder?", fragte Ella.

Turris schüttelte den Kopf. Er schob den Ärmel seines Hemds zurück und entblößte einen goldenen Stoffstreifen, der um seinen rechten Unterarm gebunden war. Obgleich er aus dünn gewebten Fäden bestand, sah es aus, als würde er in die Haut einschneiden und Schmerzen bereiten. Stirnrunzelnd stellte Leon fest, dass es sich tatsächlich um ein ziemlich luxuriöses Fischernetz handelte.

„Das Retis ist meine Fessel", erklärte Turris. „Es fängt alles Unaufrichtige ein und erschien an dem Tag, als ich die Hand gegen meine Mutter erhob. Seitdem sitzt es an meinem Arm und kettet mich an den Berg."

„Gibt es keine Möglichkeit, dich zu befreien?", hakte Leon nach.

„Wir haben ein magisches Schwert", gab Ella zu bedenken. „Angeblich durchtrennt es jedes Material."

„Nicht das Netz der Gerechtigkeit", widersprach Turris. „Es ist ein magisches Objekt und die Gesetze der Zauberei sind trickreich. Da eine schlimme Tat es heraufbeschworen hat, kann nur ein Akt der Herzensgüte es wieder lösen."

„Worauf warten wir dann?", fragte Ella. „Herzensgut, wie wir sind, werden wir dich befreien."

„So einfach ist das nicht", entgegnete der Riese. „Nur ein Lebewesen, das nie einem anderen Gewalt angetan hat, kann den Zauber brechen."

„Oh", machte Ella. „Ich schätze, dann bin ich raus."

Dem musste Leon zustimmen. Spätestens durch ihre Begegnung mit Draco hatte sich seine Freundin für die Aufgabe disqualifiziert. Bedauerlicherweise kam er selbst ebenfalls nicht infrage. Zwar hatte er Nicole Sommer in der ersten Klasse nicht mit Absicht vom Klettergerüst gestoßen, doch er nahm an, dass das zählte – schließlich hatte die Arme zwei Tage im Krankenhaus verbracht. Wenn man zudem bedachte, dass Heribert der Sechste ihm vor wenigen Stunden in den Finger gebissen hatte, blieb demnach nur …

„Ich könnte es versuchen", erbot sich Jimmy. „Ich kann mich nicht erinnern, irgendwen je verletzt zu haben."

Tatsächlich konnte Leon das auch nicht – was vermutlich daran lag, dass meistens Ella ihre Kämpfe austrug.

„Bist du sicher?", fragte Turris zweifelnd. „Falls du dich irrst, könnten die Konsequenzen fatal sein."

„Fatal?", hakte Leon nach.

„Inwiefern?", wollte Ella wissen.

Der Riese schaute sie sorgenvoll an. „Das lässt sich schwer sagen. Mit Magie ist nicht zu spaßen. Vielleicht verwandelt er sich wie ich in einen Turm – oder in einen kleinen Ziehbrunnen."

Ein kleiner Jimmy-Ziehbrunnen? Das hörte sich nicht gut an …

„Auf keinen Fall!", entschied Leon für seinen Freund, worauf dieser ihn ärgerlich anfunkelte.

„Ich kann für mich selbst sprechen, Leon. Und wenn die Chance besteht, Turris die Freiheit zu schenken, werde ich es versuchen. Außerdem glaube ich kaum, dass wir mal eben ein Neugeborenes organisieren können, also bin ich das Beste, was wir haben."

„Tu es nicht für mich", beschwor ihn der Riese mit bekümmerter Miene. „Ich habe schreckliche Dinge getan."

Jimmy wischte seinen Einwand beiseite. „Niemand verdient dieses Schicksal", erklärte er nachdrücklich. „Du hast lange genug gebüßt."

In diesem Moment war Leon sehr stolz auf seinen Freund. Trotzdem schlug Sorge über ihm zusammen, sobald Jimmy auf Turris' rechten Arm zuging, den ihm der Riese zögerlich entgegenstreckte. Auch wenn sein dunkelhaariger Freund ein zuversichtliches Lächeln aufgesetzt hatte, konnte Leon seine Anspannung fühlen. Geistesabwesend zog Jimmy einen Lolli aus einer seiner Hosentaschen und steckte ihn sich zwischen die Zähne, bevor er sich das Retis iustitia besah. Wie Sherlock Holmes ging er ein paarmal davor auf und ab, nickte dann und holte tief Luft. Als er das goldene Gewebe berührte, blieb Leon fast das Herz stehen, sodass er Ellas Hand packte, doch weder verwandelte sich Jimmy in einen Ziehbrunnen, noch passierte sonst etwas Außergewöhnliches. Auch sein bester Freund wirkte erleichtert. Noch allerdings war Turris nicht frei.

Angespannt machte Jimmy sich an der Armbinde zu schaffen. Der Knoten saß straff und schon bald bildeten sich Schweißperlen auf der Stirn von Leons Freund. Zwar zog und zerrte er an den Enden des dünnen Tuches, aber man durfte nicht vergessen, dass der Stoff für ein Zelt gereicht hätte und bereits seit Jahrhunderten festsaß.

„Probier's mit den Zähnen", riet Heribert, der auf die Krempe von Ellas Schlapphut geklettert war, um besser sehen zu können. „Die Vorderzähne, Junge! Vertrau mir, die sind stärker als deine Finger. Herrje, wenn ihr mich ranlassen würdet, wären wir längst beim nächsten Wunder!"

Jimmy keuchte inzwischen, doch die Worte des Hamsters schienen ihn zu motivieren. „Bitte, tu dir keinen Zwang an", japste er, während er die Fersen in den Boden stemmte. Dann hängte er sich mit seinem ganzen Gewicht an den Stoff. „Komm schon", hörte Leon

ihn murmeln. „Ich habe nie jemandem Gewalt angetan und mein Herz ist rein, also … lass … Turris … frei!"
Ruckartig zog er ein letztes Mal an der Schlaufe, und der Knoten gab nach. Sofort begann das Netz zu glühen, sodass Jimmy einen Schritt zurückwankte. Auch Leon musste die Augen abschirmen, während er beobachtete, wie sich der Knoten von selbst entwand und das Retis sich von Turris' Arm wickelte. Stoffbahn um Stoffbahn löste sich das Tuch von der Haut des Riesen. Einen Moment flatterte es anmutig in der Luft, dann faltete es sich ordentlich zusammen, bevor es auf Jimmy zuschwebte.

„Du hast es geschafft", jubelte Leon und fiel seinem Freund um den Hals. Auch Ella klopfte Jimmy anerkennend auf die Schulter. Dieser grinste wie ein Honigkuchenpferd.

„Ich bin frei", murmelte Turris, der ungläubig seinen Unterarm betrachtete und mit den Fingern der linken Hand darüberfuhr. Einzig ein roter Abdruck zeugte von der Fessel, die ihm Jahrtausende ins Fleisch geschnitten hatte. „Ich bin frei!", wiederholte er noch einmal. Er machte Anstalten, sie zu umarmen, überlegte es sich jedoch anders. Statt sie zu zerquetschen, blinzelte er sie freudestrahlend an. In seinen Wimpern hingen Tränen. „Du hast mich gerettet, Jimmy! Nach all den Jahren hatte ich nicht mehr zu hoffen gewagt, aber du hast das Unmögliche wahr gemacht. Dafür werde ich für immer in deiner Schuld stehen." Er wollte sich vor ihnen verneigen, doch Jimmy hielt ihn zurück.

„Nicht doch, Turris!", rief er bestürzt. „Ich bin froh, dass ich helfen konnte. Du hast dir deine zweite Chance verdient."

„Was wirst du jetzt tun?", wollte Ella wissen.

Überwältigt zuckte der Riese mit den Schultern. „Ich weiß es nicht", offenbarte er überrumpelt. Seine Lippen verzogen sich zu einem Lächeln. „Aber auf jeden Fall etwas Gutes."

„Vielleicht kannst du uns sagen, wo wir als Nächstes hinmüssen", schlug Leon vor.

Turris nickte. „Natürlich. Wart ihr schon beim vierten Wunder? Der Jenzig ist nicht weit von hier."

„Super", befand Ella freudig. „Wo müssen wir lang?"

„Da rüber", entgegnete Turris und zeigte mit dem

Finger in Richtung der kahlen gegenüberliegenden Bergspitze.

„Da rüber?", wiederholte Leon entsetzt. Angesichts des tiefen Tals und der wertvollen Zeit, die sie für den Auf- und Abstieg benötigen würden, sank ihm der Mut. „Du hast nicht zufällig Siebenmeilenstiefel, oder?"

Der Riese grinste. „Leider nein." In seine Pupillen trat ein schelmisches Glitzern. „Aber ich weiß etwas Besseres …"

Kapitel 5

Der Hüter
des Berges

Bei allem, was sie bereits erlebt hatten, hätte Leon nicht geglaubt, dass ihn noch etwas verblüffen konnte, doch als Turris sie bat, auf seine Hand zu steigen, war er überrascht. Überzeugt, sich verhört zu haben, stocherte er in seinem Ohr herum – da begann die besagte Hand auf das Dreifache anzuschwellen. Es war merkwürdig, die überdimensionale Pranke zu betrachten, während der Arm des Riesen vergleichsweise klein blieb, aber Turris erklärte, dass das Retis ihn nicht nur an den Felsen gebunden, sondern außerdem seine Körpergröße reduziert habe. Jetzt, wo die Verbindung getrennt sei, verfüge er wieder über seine Gigantenkräfte und könne beliebig seine Erscheinung verändern. Leon wusste nicht, was er davon halten sollte, fühlte sich allerdings merkwürdig, über den Zeigefinger an Bord des Riesentaxis zu steigen. Unsicher stakste er über die zerfurchte Handfläche und hatte Angst, ihren neuen Freund zu verletzen, doch seine Sorge schien unbegründet. Turris zuckte nicht einmal mit der Wimper und so ließ er sich in der Nähe des Daumens nieder, während seine Freunde auf der Herz- und Schicksalslinie Platz nahmen.

„Haltet euch fest", schärfte der Riese ihnen ein, bevor

er die Finger ein Stück schloss, sodass sie in einer Art offenem Käfig saßen. Leon fragte sich, woran, als Turris die Hand hob und er sich an eine rosafarbene Hautfalte klammern musste. Das Gewebe fühlte sich seltsam schwabbelig an, verhinderte jedoch, dass er herunterfiel. Scheinbar mühelos führte der Hüne sie auf Höhe seiner blauen Augen. „Ich danke euch von Herzen", erklärte er zum tausendsten Mal. „Ihr habt mir die Freiheit geschenkt. Jetzt hoffe ich, dass euer Vorhaben erfolgreich sein wird."

„Das hoffen wir auch", entgegnete Ella mit einem schiefen Lächeln.

„Und dass du dein Glück findest", fügte Jimmy hinzu, der sich abmühte, das Retis iustitia in seinen Rucksack zu stopfen.

„Danke für die Hilfe", bekräftigte Leon und meinte es auch so. Einen Moment sahen sie einander wehmütig an.

„Genug Gesülze", unterbrach Heribert dann. „Wir haben nicht den ganzen Tag Zeit." Die Stimme des Hamsters klang barsch, doch es war offensichtlich, dass der Nager um Fassung rang. „Na macht schon!", heulte der pelzige Fürst plötzlich los. Geräuschvoll schnäuzte er sich mit Ellas Hemd die Nase, ehe er sich schniefend an ihre Halsbeuge kuschelte. „Abschiede sind nicht gerade meine Stärke."

Turris, der offenbar nicht beabsichtigte, den Hamster weiter zu quälen, zwinkerte ihnen ein letztes Mal zu. Darauf begannen seine Finger zu zittern und sie bewegten sich von dem freundlichen Riesengesicht fort. Es dauerte eine Sekunde, bis Leon begriff, dass sich der Hüne nicht etwa von ihnen entfernte, sondern der Arm des Giganten sie wegbeförderte. Staunend sah er zu, wie Turris' Oberarm sich der Größe seiner mächtigen Hand anpasste, bis er von der Schulter zum Handgelenk die Ausmaße eines Fabrikschornsteins besaß. Unterdessen wuchs der Arm in die Länge.

„Heiliger Strohsack", keuchte Jimmy, als sie über den Rand des Abgrunds rückten und einzig Turris' Hand sie vor dem Sturz in den Tod bewahrte.

„Wahnsinn!", jauchzte Ella begeistert.

Leon selbst brachte keinen Ton hervor. Er wagte nicht, sich zu bewegen. Zwar war die Aussicht überwältigend, doch die Baumwipfel unter ihnen bereiteten ihm Übelkeit. Seiner Ansicht nach waren Menschen nicht dazu gemacht, in Riesenhänden über bodenlose Täler transportiert zu werden ... Ein verwirrter Vogel flog über sie hinweg und fast hätte Leon das Gleichgewicht verloren.

„He, du Suppenhuhn!", brüllte Heribert dem Tiefflieger hinterher. Der Hamster wirkte ebenfalls angespannt. „Augen auf im Flugverkehr!"

„Ich glaub, ich muss kotzen", murmelte Jimmy.

„Wieso? Ist doch cool!", rief Ella. Ihre Freundin war aufgestanden und hielt sich am Ringfinger des Riesen fest, während sie die Landschaft bestaunte. „Kommt her, Jungs. Seht euch das an!"

Leon dachte nicht im Traum daran. Allein vom Zuschauen bekam er Angstzustände. Er spürte seinen Griff um die Hautfalte glitschig werden und versuchte sich auf Turris' Arm zu konzentrieren, der inzwischen vierzig Meter lang sein musste. Der Riese selbst wirkte – abgesehen von der gewaltigen Gliedmaße – in der Ferne so groß wie ein normaler Mensch, sodass es Leon wunderte, dass sie kein Übergewicht bekamen. Kaum hatte er den Gedanken zu Ende gedacht, bereute er ihn. Sofort wartete sein Verstand mit Horrorszenarien auf, von denen jedes darin endete, dass sie blutüberströmt am Boden der Schlucht lagen. Um die aufsteigende Panik niederzukämpfen, richtete er den Blick nach vorn, wo der kahle Kopf des Jenzigs bereits auf sie wartete.

Tatsächlich war der Berg nach oben spärlich bewachsen. Während sich unter ihnen Hunderte von Bäumen reihten, wurde die Jenzigspitze von Gesteinsformationen beherrscht. Hätte Leon nicht gewusst, dass es sich dabei um Muschelkalk handelte, hätte er angenommen, auf dem Gipfel läge Schnee.

„Bitte lass uns heil ankommen", flüsterte er, während sie sich Zentimeter um Zentimeter auf die weiße Anhöhe zubewegten. Indessen drängte sich ihm die Frage auf, was die Leute im Tal denken mussten, wenn sie hochschauten und drei Kinder auf einer riesigen Hand von einem Berggipfel zum anderen übersetzen sahen. Irgendetwas sagte ihm jedoch, dass ein weiterer Riesenzauber dies verhinderte.

Als sie auf der gegenüberliegenden Bergspitze andockten, hätte er vor Erleichterung fast geweint. Natürlich war Ella die Erste, die aus dem Riesenfahrstuhl sprang, dicht gefolgt von Jimmy, der sich hinter dem nächsten Strauch erbrach. Leon selbst folgte mit zitternden Knien, schaute aber noch einmal über die Schulter, um das merkwürdige Fortbewegungsmittel zu betrachten, mit dem sie gekommen waren. Auf der anderen Seite glaubte er Turris winken zu sehen, bevor sich der mächtige Arm zurückzog.

Kopfschüttelnd wandte er sich seinen Begleitern zu. Sein bester Freund sah furchtbar aus, sodass er ihm ein Taschentuch reichte. Ella hatte inzwischen die umliegenden Kalkfelsen in Augenschein genommen. Sie waren nicht besonders spektakulär, momentan allerdings ihr wichtigster Anhaltspunkt.

„An der Orchideenformation nach rechts", hatte Turris gesagt. Dumm nur, dass sie keine Ahnung hatten, welche der Pflanzen Orchideen sein sollten. Leon kannte die Gewächse vom Fensterbrett seiner Mutter, doch die angrenzenden Sträucher besaßen keine Ähnlichkeit mit deren Lieblingen. Da es auf dem Bergkamm aber nur eine Spalte gab, in der mehr als eine Blume blühte, nahm er an, dass es sich um den gesuchten Orchideenwald handelte. Skeptisch betrachtete er die Mini-Wiese aus Gelb, Lila und Grün. Sie war leicht zu übersehen und hätte mühelos in seine Arme gepasst.

„Hier drüben", rief er seinen Freunden zu und war mit wenigen Schritten bei den winzigen Pflanzen, die sich die Bergwand hinunterrankten.

Ella nickte zufrieden. „Sehr gut. Wer möchte das Tanzbein schwingen?"

„Ich mache es", entschied Leon. Er hatte seit ihrer Ankunft im sechzehnten Jahrhundert wenig Nützliches beigetragen und fand, dass es an der Zeit war, das zu ändern. Unter den kritischen Blicken seiner Freunde zog er deshalb die Gurte seines Rucksacks straff, drehte sich mit dem Rücken zu den bunten Blüten und rief sich Turris' Anweisungen ins Gedächtnis. Dann setzte er drei Schritte nach rechts, bevor er mit geschlossenen Beinen einen Meter nach vorn sprang. Er kam sich albern vor, als er eine Pirouette nach links drehte, um auf einem Bein weiterzuhüpfen, aber es war wichtig, dass er sich an die Beschreibung des Riesen hielt. Wenn er einen Fehler beging, würden sie Stunden nach dem verborgenen Eingang suchen, also beschwerte er sich nicht und schlug ein unsauberes Rad, ehe ihn zehn Kaffeebohnenschritte den Hang hinunterführten. Wieder musste er aufpassen, wo er seine Füße hinsetzte, als es rückwärts weiterging. Während er mit dem Hintern wackelte, war er sicher, dass Turris diesen Teil zum Spaß eingebaut hatte, aber für alle Fälle bemühte er sich um einen schönen Hüftschwung. Schließlich watschelte er noch einige Meter wie eine Ente und drehte sich wie ein Flugzeug im Kreis, bevor er mit der Hand auf den Felsen zu seiner Rechten klatschte.

Unter schallendem Gelächter kamen seine Freunde den Trampelpfad herab. „Super, Leon", lobte Ella grinsend und klatschte übertrieben. „Was für eine Vorstellung! Ich dachte, die Pirouette hätte mir gefallen, aber dann dieses Finale! Ich glaube, Jimmy musste weinen." Japsend vor Lachen stimmte sein Freund in den Applaus ein. „Ganz großes Kino, Mann!"

„Ach, haltet den Mund", grummelte Leon, bevor Heribert auch noch seinen Senf dazugeben konnte. „Hoffen wir lieber, dass ich alles richtig gemacht habe."

Das ließ die beiden verstummen und sie widmeten ihre Aufmerksamkeit dem cremefarbenen Gestein. Im Prinzip unterschied sich die Felswand nicht vom Rest des Kalkhangs, doch Leon nahm an, dass das nichts Schlechtes bedeutete – immerhin war Tarnung ein wesentlicher Teil einer Geheimtür. Trotzdem kamen ihm Zweifel, während sie den zerfurchten Stein betrachteten. Er sah nicht aus, als würde sich dahinter ein Eingang verbergen. Genau genommen bestand der Felsen nicht einmal aus einem Stück, sodass Leon sich kaum vorstellen konnte, dass sich im Inneren eine Höhle verbarg. Dennoch zwang er sich, die Faust zu heben.

Wie Turris ihnen aufgetragen hatte, klopfte er mit den Knöcheln die Himmelsrichtungen ab und bewegte sich dabei gegen den Uhrzeigersinn. Dann verband er die imaginären Punkte mit den Fingerspitzen und malte einen Kreis, von dem er vier Strahlen abzeichnete. Kaum ließ er den Arm sinken, begann die Wand zu bröckeln.

Hastig traten sie nach hinten, als der Stein plötzlich Staub spie. Leon bekam eine Ladung ins Gesicht, schaffte es aber nicht, den Mund zu schließen, während Teile der Wand zu wackeln anfingen. Wie ein Vorhang faltete die Formation sich auseinander und gab einen schmalen Spalt frei, der unter Knirschen und Stöhnen größer wurde. Es war faszinierend, die Felsen zu beobachten, die sich der unsichtbaren Kraft beugten. Sobald sich das letzte Steinchen zurückzog, fanden sie sich aufgefaltetem Sediment und einer rechteckigen Öffnung gegenüber. Der dahinterliegende Gang erstreckte sich ins Dunkle, doch er war so niedrig und schmal, dass Jimmy den Kopf würde einziehen müssen und ihnen nichts anderes übrig blieb, als ihn im Gänsemarsch zu betreten. Augenblicklich machte sich Beklemmung in Leon breit.

„Ich gehe vor", erklärte Ella, die das Drachenschwert bereits umfasst hielt. Leon war froh, sobald er sich zwischen seinen Freunden wiederfand, doch es missfiel ihm, weder vor noch zurück zu können. Darüber hinaus vermochte er in dem schmalen Stollen kaum etwas zu erkennen. Zwar erleuchteten stinkende Pechfackeln die feuchten Wände, flammten allerdings erst wenige Schritte vor ihnen auf. So konnten sie nie weiter als drei Meter sehen, was nicht nur gruselig, sondern auch gefährlich war. Wer mochte schließlich sagen, was hinter der nächsten Windung auf sie lauerte? Beunruhigt unterdrückte er einen Schauder und hätte fast geschrien, als eine dicke Spinne über seine Wange krabbelte. Während Fackelqualm seine Lunge vergiftete, kam er zu dem Schluss, dass er des Abenteuers müde wurde. Er hatte die Helden in Büchern und Filmen stets beneidet, aber jetzt, da er seine eigene Mission lebte, stellte er fest, dass es gar nicht so cool war. Tatsächlich war es anstrengend und schmutzig.

Außerdem bekam er langsam wirklich Hunger.

Seufzend heftete er den Blick auf Ellas Schlapphut und hoffte, dass der Tunnel sie bald ausspucken würde. Inzwischen hatte er das Gefühl, der Boden würde abfallen, und es behagte ihm nicht, noch tiefer unter die Erde vorzudringen. Generell war ihm schleierhaft, wie der enge Pfad den Massen des Berges standhielt. Bevor er jedoch erneut in Panik geraten konnte, öffnete sich der Gang, sodass er wieder Luft bekam.

Der Anblick, der sich ihnen bot, war spektakulär. Sie befanden sich in einer Tropfsteinhöhle, deren Gewölbe von hohen Säulen getragen wurde, die aus Stalagmiten und Stalaktiten bestanden. Weiß flackerndes Kerzenlicht erhellte die Wände und warf Schatten von kunstvollen Kalkformationen. Auf der linken Seite erkannte Leon einen See, dessen Oberfläche glitzerte, doch am meisten beeindruckte ihn die Menge an Edelsteinen, die sich in der Mitte der Grotte türmten. Dank Hunderter Flammen projizierten Diamanten, Smaragde, Saphire und Rubine ein Regenbogenmuster an die Decke. Nie zuvor hatte er einen solchen Schatz gesehen, allerdings irritierte ihn die Erscheinung, die inmitten des Edelsteinhaufens meditierte.

Mit gekreuzten Beinen und geschlossenen Lidern hockte dort ein Mann, für den die Bezeichnung Zwerg die einzig treffende schien. Leon hatte angenommen, er selbst sei klein, aber verglichen mit der Gestalt war er Turris. Zwar saß der Mann erhöht, sodass die braune Zipfelmütze sie überragte, doch er konnte kaum größer als einen halben Meter sein. Während Leon ihr Gegenüber betrachtete, schätzte er, dass ihm die spitze Haube gerade bis zur Hüfte reichen würde, stünde der Zwerg vor ihnen.

Schweigend sahen sie dem Mann zu, bevor Ella sich räusperte. Sofort flogen dunkle Argusaugen auf und das faltige Gesicht verzog sich über dem Rauschebart zu einem verärgerten Ausdruck. Sichtlich gereizt entknotete der Zwerg die Beine und schlitterte in einer Welle von Edelsteinen zu ihnen herunter. Dann zuckelte er ungehalten auf sie zu und blinzelte sie finster an.

„Was wollt ihr?", raunzte er.

„Ähm, hallo", entgegnete Leon überrumpelt.

„Wir, also … ähm …"

„Wir, also … ähm …", äffte der Zwerg ihn nach. „Wird's bald?"

Leon runzelte die Stirn. Er konnte verstehen, dass sie den Mann in der Hosenträgerhose gestört hatten, aber das war noch lange kein Grund, so fies zu sein. Im meditativen Zustand hatte er ihm besser gefallen …

„Wir sind wegen der Wunderprüfung hier", übernahm Ella, während er um Fassung rang.

„Ah", entgegnete ihr unfreundliches Gegenüber. „Pech für euch. Ich habe jetzt keine Lust, die Prüfung abzunehmen. Kommt ein anderes Mal wieder. Oder besser nie. Ich hasse Gäste."

„Na hören Sie mal", rief Jimmy entrüstet. „Das Schicksal der Welt hängt davon ab."

„Ach, papperlapapp", erwiderte der Zwerg. „Das Schicksal der Welt, das Schicksal der Welt. Das soll mir schön draußen bleiben. Damit will ich nichts zu tun haben!"

Plötzlich blitzte eine durchscheinende Klinge auf und die Spitze des Gladius drückte sich in die Kartoffelnase des Gnoms. „Wir haben keine Zeit für Spielchen", erklärte Ella leise. „Also nennen Sie uns die verdammte Prüfung."

Statt klein beizugeben, wurde der Zwerg nur wütender. Unwirsch schob er das Schwert beiseite und richtete sich zu seinen vollen sechzig Zentimetern auf.

„Verschwindet", grollte er. „Oder ich rufe die Polizei."

Ella hob zweifelnd die Augenbraue und auch Leon war sicher, dass die Polizei den Eingang zur Höhle nie finden würde. Abgesehen davon glaubte er nicht, dass es fünfzehnhundertachtundsiebzig überhaupt eine gab.

Gleiches schien Ella zu denken. „Komm schon, Heinzelmann. Es ist nicht so, dass wir uns gerne mit dir herumschlagen, aber wir brauchen dieses magische Dingsbums. Also lass es uns hinter uns bringen und wir gehen."

„Heinzelmann? Heinzelmann?!", kreischte der Zwerg. Es hätte wenig gefehlt, und aus den schwarzen Augen wären Funken gesprüht. „Macht, dass ihr wegkommt!", schrie er, sodass Leon zusammenzuckte. „Ich habe keine Zeit für Rotzgören wie euch!"

„Wie heißen Sie?", versuchte Jimmy zu retten, was zu retten war, doch der Zwerg funkelte ihn böse an.

„Hast du nicht gehört, was ich gesagt habe? Bist du blöd? Ihr sollt verschwinden!"

„Ist das die Aufgabe?", hakte Ella ein. „Müssen wir Ihren Namen erraten?"

Der Zwerg zog die buschigen Brauen zusammen und

betrachtete sie wie etwas Abstoßendes unter seiner Schuhsohle. „Meinen Namen erraten? Pah, bin ich Rumpelstilzchen?" Offenbar war er es nicht, denn er schüttelte den Kopf, dass die Haare flogen. „Das muss ich mir nicht bieten lassen. So etwas Unverfrorenes! So etwas Beleidigendes!"

„Dann sagen Sie uns, wie Sie heißen", schlug Jimmy vor.

„Nur, wenn ihr versprecht, mich nicht mehr Heinzelmann zu nennen. Oder Hutzelmännchen. Oder Wicht!"

„Kein Problem", stimmte Leon zu.

Den Bruchteil einer Sekunde schien der Zwerg zu überlegen, dann jedoch zu dem Schluss zu kommen, dass er sie so schnell nicht loswerden würde. „Pau", offenbarte er schließlich.

„Pau?", wiederholte Leon, der meinte, sich verhört zu haben.

„Ja, Pau", entgegnete der Zwerg ärgerlich. „Nicht Pu, nicht Pa – Pau."

„Nett, Sie kennenzulernen, Pau", erwiderte Leon höflich, doch der Mann grunzte nur. „Es tut uns leid, wenn wir Ihre Ruhe gestört haben, aber es ist wirklich wichtig", sprach er beharrlich weiter.

Der Zwerg seufzte, ehe er die Arme vor der Brust ver-

schränkte. „Schon gut, Junge. Jetzt fang nicht an zu heulen. Eigentlich habt ihr mir einen Gefallen getan. Ich hasse meditieren, aber ich muss das machen. Wegen meiner Aggressionsprobleme ..." Sogar Ella war klug genug, darauf nichts zu erwidern, und Pau fuhr übellaunig fort: „Na schön, dann wollen wir's mal hinter uns bringen. Da ich der Jenzig-Hüter bin, kommen wir wohl nicht drum herum." Erleichtert sah Leon zu, wie sich die Zipfelmütze vor ihnen auf und ab zu bewegen begann. „Ähm, es ist ein Rätsel", begann Pau, der so klang, als hätte er sich lange nicht damit befasst. „Drei, um genau zu sein." Angestrengt kniff der Zwerg die Lider zusammen. „Wie war das gleich?", murmelte er. „Bin nicht blau, bin nicht gelb? Nein, nein, nein. Roter Stern am Himmelszelt? Ne ..." Dann blieb er plötzlich stehen. „Ach ja! Also:
Mein Kopf ist weiß, mein Fuß ist Stein,
doch hab ich weder Hand noch Bein.
Tief in mir drin, da schlägt kein Herz,
glaube mir, das ist kein Scherz."
Es war der seltsamste Reim, den Leon je gehört hatte, doch dem Zwerg schien es ernst damit. Jedenfalls stemmte er die Hände in die Hüfte und klopfte ungeduldig mit dem Fuß auf den Boden. „Nun?", schnarrte er.

„Irgendwelche Ideen?"

„Mhm …", machte Ella.

„Na ja …", kam es von Jimmy, aber Pau hob die Hand.

„Nur einer darf raten. Die erste Antwort zählt." Die Blicke seiner Freunde fielen auf Leon und er seufzte. Es stimmte, Rätsel waren sein Fachgebiet, trotzdem bedeutete das nicht, dass er dreimal richtigliegen würde. Wenigstens war die erste Frage einfach.

„Der Jenzig", antwortete er und der Hüter nickte.

„Das war leicht, das war viel zu leicht", grummelte Pau und begann wieder vor ihnen auf und ab zu schreiten. Während er versuchte, sich an das zweite Rätsel zu erinnern, strich er sich über den Bart, bevor er ruckartig zu ihnen herumwirbelte.

„Du hörst mich nicht, ich bin recht klein,
doch meine Ohren sind sehr fein.
Ich bin hellwach in dunkler Nacht,
mit Flügeln für die Jagd gemacht.
Statt Federn trag ich spitze Zähne,
die aufblitzen, wenn ich da gähne.

Drum nur geschwind, so sage mir,

was, denkst du, bin ich für ein Tier?"

Nachdenklich hakte Leon die Finger in die Gurte seines Rucksacks. Das war kniffliger. Ein Tier, das in der Nacht jagte? Eine Eule vielleicht? Aber die hatte keine Zähne. Außerdem waren Eulen gefiedert ...

Da fiel es ihm wie Schuppen von den Augen. „Eine Fledermaus!", rief er. Fledermäuse hörten gut und kommunizierten durch Echo-Ortung. Anerkennend hielt Jimmy beide Daumen in die Luft, doch Pau brummte nur, ehe er mit dem dritten Rätsel weitermachte.

„Für manche ist es kurz, für andre wieder lang,

einigen nur Qual, doch viele freuen sich daran.

Unendlich viele Formen, aber individuell,

zugeteilt wird's jedem durch das Schicksalskarussell.

Drum lässt sich's niemals planen

und geht Wege sonderbar,

sodass man hört die Frage,

wann und wie all das geschah.

Doch was da kommt am Ende,

das ist trügerisch wie Sand,

nun mach, du Denklegende,

denn es liegt ja auf der Hand."

Schicksalskarussell? Trügerisch wie Sand?

Inzwischen war Leon überzeugt, dass der Zwerg sich die Zeilen ausdachte, allerdings änderte das nichts an der Tatsache, dass er die Antwort diesmal nicht wusste.

„Kann ich es noch einmal hören?", fragte er.

„Nö", entgegnete Pau.

Na toll … Unsicher schaute Leon zu seinen Freunden, die genauso ahnungslos wirkten wie er. Selbst wenn sie gewollt hätten, hätten sie ihm kein Zeichen geben können. So hing es an ihm und er rieb sich das Kinn. Sein erster Gedanke war die Zeit gewesen, doch irgendetwas warnte ihn, voreilige Schlüsse zu ziehen. Er war sicher, dass es sich diesmal um einen abstrakten, weniger greifbaren Begriff handelte, aber davon gab es viele: Liebe, Glück …

„Das Leben?", verkündete er schließlich, wobei seine Worte nach einer Frage statt einer Aussage klangen. Einen Moment schien der Zwerg enttäuscht. Als Leon die Spannung kaum mehr aushielt, nickte Pau und verschränkte missmutig die Arme hinter dem Rücken.

„Klasse", jubelte Ella, und Jimmy führte spontan ein Tänzchen auf, das dem von Draco, dem Drachen, Konkurrenz machte. Leon spürte, wie ein Grinsen sich auf seine Lippen heftete, aber seiner Freude wurde ein Dämpfer versetzt, sobald sich der Zwerg erneut einklinkte.

„Ja, ja, ganz toll", schnarrte die Gestalt unter der Zipfelmütze. „Könnten wir dann zum Wesentlichen kommen?" Er zerrte eine Kette unter seinem Hemd hervor, die viel zu groß für ihn wirkte. Vermutlich war dies der Grund, weshalb er das Band dreimal um den Hals gewickelt hatte, sodass er damit kämpfte, bevor er es über den Kopf zog. Wehmütig besah er sich den goldgefassten Anhänger. Es war ein schönes Amulett in Form der vierstrahligen Sonne, die Leon bereits auf den Felseingang gemalt hatte. An den Enden der Strahlen funkelte jeweils ein roter, grüner, weißer und blauer Edelstein, deren Ebenbilder sich zu einem einzigen zusammengeschlossen in einer Einlassung in der Mitte wiederfanden. Goldene Schnörkel umgaben diesen Schatz, ansonsten war das Medaillon nicht größer als eine Zweieuromünze.

„Schade", murmelte Pau, während er liebevoll über die kunstvolle Oberfläche des Schmuckstückes strich.

„Das ist mein Lieblingsjuwel."

„Du kannst es zurückhaben, wenn wir es nicht mehr brauchen", bot Leon an, aber der Zwerg zuckte die Achseln.

„Mach doch, was du willst", raunzte er, bevor er ihm die Kette unwillig überreichte. „Hauptsache, ihr verschwindet."

„Hat das Amulett auch einen Namen?", wollte Ella wissen, worauf der Mann noch finsterer schaute.

„Muss denn immer alles einen Namen haben? Reicht es nicht, dass es magische Kräfte besitzt?"

„Ich dachte ja nur ...", entgegnete Ella mit zusammengebissenen Zähnen.

„Ja, denken", knurrte der Zwerg. „Sollte man lassen, wenn man es nicht kann."

Ella schnappte nach Luft und Leon ging dazwischen, bevor seine Freundin den garstigen Gnom in Scheiben schneiden konnte.

„Was sind das für Kräfte?", fragte er.

„Defensivzauber", erklärte Pau übellaunig. „Das bedeutet, dass es jede Form der Magie umkehrt und seinen Träger beziehungsweise alle, die sich in der Nähe befinden, vor negativen Einflüssen schützt. Außerdem macht es unsichtbar, wenn man den Stein in der Mitte berührt. Allerdings nur in einem Radius von drei Metern. Sobald ein Außenstehender diesen Kreis durchbricht, wird er ebenfalls unsichtbar, während die Unsichtbaren für ihn sichtbar werden." Das klang kompliziert, aber nützlich.

„Cool!", befand Jimmy, und Leon spürte erneut das Grinsen auf seinem Gesicht.

„Cool, cool!", schnauzte der Zwerg. „Ihr habt, was ihr wolltet, also macht, dass ihr wegkommt! Meine Geduld wurde lange genug strapaziert."

Da es keinen Sinn hatte, weiter zu diskutieren, nickte Leon, während er sich das Amulett um den Hals hängte, wo es sich warm und beruhigend an seine Haut schmiegte.

„Okay, dann danke hierfür und Entschuldigung für die Störung", sagte er, aber Pau war bereits auf den Edelsteinhaufen zugetrippelt und stand im Begriff, ihn zu erklimmen.

„Haut ab!", keifte der Hüter ihnen über die Schulter zu. „Raus hier!"

„Vielleicht sieht man sich ja mal", rief Jimmy zum Abschied.

„Bloß nicht", hörte Leon den Zwerg murmeln. „Wäre ja noch schöner, wenn wir jetzt Besuch empfangen würden. Und dazu noch Kinder. Nein, nein. Das ist schlecht für meinen Blutdruck ..." Er sah den Zwerg die Beine kreuzen und einen tiefen Om-Ton anstimmen.

„Na, der hat's ja nötig", raunte Heribert, sobald sie den dunklen Tunnelgang betraten und die Kerzen-Tropfsteinhöhle hinter sich ließen. „Was für ein unleidlicher Winzling."

Kapitel 6

Alchemie & Schwertgefecht

Showdown auf der Brücke

Als sie die Zwergenhöhle verließen, stand die Sonne bereits tief. Der Himmel hatte eine orangerote Farbe angenommen und die letzten Strahlen schickten ihr Licht über die Berge im Westen. Obwohl die Nächte im Sommer kurz waren, schwebte die silberne Mondscheibe über ihnen. Nicht lange und die Dämmerung würde hereinbrechen. Zwar hatte Leon keine Uhr, aber er schätzte, dass ihnen bis Mitternacht vier Stunden blieben. In Anbetracht der Tatsache, dass sie zuvor den Jenzig hinabsteigen und die Camsdorfer Brücke finden mussten, war das wenig Zeit. Er fürchtete, sie könnten sich verlaufen, doch im Prinzip gab es nur einen Weg, und der führte nach unten. Inzwischen machten sich allerdings die Strapazen der Reise bemerkbar. Sogar Heribert schien die Lust am Jammern vergangen zu sein und in Jimmys linkem Schuh klaffte ein Loch. Ella hatte sich des Schlapphuts entledigt und Leon schmerzten die Füße, aber immerhin ragte sein großer Zeh nicht wie der seines Freundes nach draußen. Ihm war bewusst, dass sie einen jämmerlichen Rettungstrupp abgaben, trotzdem ruhte alle Hoffnung auf ihnen. Ungeachtet ihrer Müdigkeit teilten sie deshalb Jimmys letzte Gummibärentüte und kamen bald darauf an einem Brunnen vorbei, dessen schlammiges Wasser ihren Durst stillte.

Zumindest das Glück meinte es gut mit ihnen, denn die Weingärten lagen zu dieser Stunde verlassen. Nach einer gefühlten Ewigkeit erreichten sie somit den Fuß des Berges, um sich erneut durch dicht stehende Bäume zu schleppen. Gleichzeitig erwachten die Sterne am Firmament. Da es keine Laternen gab, funkelten sie atemberaubend klar, der Mangel an künstlicher Beleuchtung bedeutete jedoch auch, dass sie kaum die Hand vor Augen sahen. Gott sei Dank fand Leon in seinem Rucksack eine Taschenlampe, während Ella sich ihre Fahrradstirnleuchte auf den Kopf klemmte. Im schmalen Strahl der Lichtkegel bewegten sie sich darauf Richtung Innenstadt. Es dauerte nicht lange, bis das Plätschern der Saale an ihre Ohren drang, sodass sie dem Strom flussaufwärts folgen konnten.

Unterdessen kam sich Leon seltsam verloren vor. Es war ungewohnt still und er hörte weder Stimmen noch Autolärm. Dafür waren die Geräusche der Nacht plötzlich lauter. Bei jedem Knacken zuckte er zusammen und das kleinste Rascheln jagte ihm einen Schauder über den Rücken. In seinem Geist blitzten Bilder von Räubern und Wegelagerern auf, aber niemand überfiel sie oder beschuldigte sie wegen ihrer Taschenlampen der Hexerei. Tatsächlich begegneten sie keiner Menschenseele, bis sie die Camsdorfer Brücke bei Wenigenjena erreichten.

Vom Waldrand aus betrachteten sie die gewaltige Überführung und Leon war froh, als der Steinbau diesmal nicht zum Leben erwachte. Zur Abwechslung schienen sie es mit einer stinknormalen Brücke zu tun zu haben. Natürlich war diese mit neun Stützbögen imposant – sie musste von einem Ufer zum anderen zweihundertfünfzig Meter messen –, davon abgesehen lag das Bauwerk jedoch reglos und verlassen da. Einzig das dunkle Flusswasser schlug Wellen an den dicken Steinträgern, während auf der gegenüberliegenden Seite der Saalefurt vereinzelte Häuser friedlich schliefen.

Rasch schalteten sie die Taschenlampen aus und erklommen im Licht des Vollmondes eine Treppe, die auf die Straße hinaufführte. Dort pressten sie sich in den Schutz der Mauer.

„Was nun?“, flüsterte Ella. Sie wirkte angespannt und Leon verstand warum. Unheimlich erstreckte sich die Brücke vor ihnen in die Finsternis. Wie es aussah, waren sie die Einzigen, die sich zu dieser Uhrzeit draußen herumtrieben, dennoch hatte er ein merkwürdiges Gefühl. Auch wenn die Menschen in diesem Jahrhundert mit dem Hahnenkrähen aufstanden und wahrscheinlich seit Stunden schliefen, war es klüger, vorsichtig zu sein. Einer Eingebung folgend, zog er deshalb Paus Sonnenamulett unter dem T-Shirt hervor und drückte auf das glänzende Edelsteinjuwel. Ein warmes Kribbeln durchlief darauf seinen Körper und einen Moment schien die Luft zu knistern. Dann war der Augenblick vorüber. Prüfend schaute er an sich hinab, doch sonderlich unsichtbar wirkte er nicht. Gleiches galt für seine Freunde, die ihn rechts und links flankierten, und Heribert, der skeptisch die Pfoten vor der Brust verschränkte.

„Sicher, dass es funktioniert?", fragte der Hamster.

„Klar", erwiderte Leon zuversichtlicher, als er war. „Wir befinden uns im Inneren der unsichtbaren Zone. Außerhalb des Kreises kann uns niemand sehen oder hören." Das, oder das Amulett war kaputt ... Bevor sie darüber streiten konnten, erregte eine Bewegung seine Aufmerksamkeit. „Still", flüsterte er sicherheitshalber und drängte seine Begleiter dichter gegen die Steinwand. Mit pochendem Herzen starrte er in die Dunkelheit und glaubte schon, sich getäuscht zu haben, als er eine Gestalt ausmachte. Ganz in Schwarz schlich diese über das unebene Pflaster und verschmolz mit den Umrissen einer kleinen Kapelle in der Mitte der Brücke.

Nervös verfolgte Leon, wie die Person den Kopf in den Nacken legte, um den Engel auf der Kuppel zu betrachten, der einen Drachen erschlug. Das Gesicht unter der Kapuze konnte er nicht erkennen, doch es war die behandschuhte Hand, die sein Interesse weckte. Golden glitzerte dort ein runder Gegenstand und reflektierte das Licht des Mondes. „Ist das …"

„Die Kugel", stimmte Ella grimmig zu.

„Die Kugel des Schnapphans?", hauchte Jimmy.

„Sieht aus, als hätten wir unseren Dieb gefunden", gab Ella zurück und zückte das Drachenschwert.

Leon beobachtete, wie die Kapuzengestalt stadtauswärts huschte, und stellte beunruhigt fest, dass sie sich mit der Präzision eines Ninjas bewegte. Zwar hatte Hans gesagt, sie sollten den Dieb davon abhalten, die Nyx zu treffen, sodass sie ihre Aufträge rechtzeitig ausgeführt zu haben schienen, wenn sie aufeinandertrafen, allerdings bedeutete dies, dass sie dem Feind nun gegenübertreten mussten. Fiebrig strich Leon sich das Haar aus der Stirn und hätte nichts lieber getan, als ihren Gegner vorbeilaufen zu lassen, da aber das Schicksal der Welt von ihnen abhing, biss er die Zähne zusammen. Abgesehen davon hatte sich Ella bereits an die Fersen des Kugel-Banditen geheftet, sodass er sich beeilen musste, wenn er verhindern wollte, dass sie den Kreis der Unsichtbarkeit – sofern er funktionierte – verließ.

Während das Edelsteinamulett an seinem Hals pulsierte, ging seine Freundin mit festen Schritten auf die Schattengestalt zu. Inzwischen war Leon überzeugt, dass der Schutzzauber aktiv war, trotzdem bemühte er sich, leise zu sein. Ella dagegen schien Vorsicht nicht zu kennen. Vielleicht lag es an dem Schwert in ihrer Hand. Womöglich stärkte der Gladius nicht nur ihre Körperkraft, sondern auch ihr Draufgängertum. Jedenfalls trat sie ohne Umschweife an den Nyx-Krieger heran, sodass der Tarnkreis ihn nun ebenfalls einschließen musste. Sofort blieb die Person stehen. Zu Leons Entsetzen ergriff Ella das Wort.

„He, Weltzerstörer! Ich glaube, du hast etwas, das dir nicht gehört."

Falls der Fremde überrascht war, ließ er es sich nicht anmerken. Lässig drehte er sich auf dem Absatz herum und begegnete ihnen mit unverhohlener Arroganz.

Während Leon seinen Puls unter Kontrolle zu bringen versuchte, fielen ein paar silberne Mondstrahlen unter die Kapuze.

Er wusste nicht, was er erwartet hatte. Wahrscheinlich einen Feind, dem man das Böse ansah. Es hätte ihn weniger gewundert, wenn ein grausamer Ausdruck in den dunklen Augen gelegen hätte. Mit jemandem, der kaum zwei Jahre älter war als sie, hatte er allerdings nicht gerechnet. In seiner Vorstellung war ihr Gegner ein brutaler Muskelmann gewesen, doch zumindest in einem Detail hatte er sich geirrt …

„Ein Mädchen", stellte Jimmy verwundert fest.

„Hast du ein Problem damit?", entgegneten die Fremde und Ella wie aus einem Mund. Dann starrten sie einander finster an.

Es ließ sich nicht leugnen. Als das Nyx-Mädchen die Kapuze vom Kopf zog und die Arme in die Seiten stemmte, quollen schwarze Locken über ihren Rücken. Leon entging nicht, dass sie unauffällig die Schnapphanskugel in ihrer Manteltasche verschwinden ließ, bevor sie spöttisch eine Braue hob.

„Soso. Das ist alles, was die Mächte des Guten aufbringen können." Ihr Blick huschte über den Gladius in Ellas Faust und ein gieriger Ausdruck trat in ihre

Miene. „Eine Drachenklinge, nicht schlecht", befand sie. Offenbar verstand sie etwas davon, denn an ihrem Gürtel hing ein eigenes Schwert. Leon erkannte ein schwarzes Heft, dessen Knauf und Parierstange die Form eines silbernen Sichelmondes hatten. Während das Mädchen die Finger durch die Luft wandern ließ, bemerkte er auf ihrem rechten Handgelenk das gleiche Symbol, umgeben von drei kleinen Sternen. Beiläufig nickte sie. „Und ein magisches Amulett. Das dürfte interessant werden. Mächtige Artefakte habt ihr da. Aber Spielzeug in den Händen von Kindern."

„Wir sind fast gleich alt", entgegnete Jimmy stirnrunzelnd. „Oder nicht? Bist du zwölf, dreizehn?"

Das Mädchen schien zu überlegen, ob er eine Erwiderung wert war, und Leon sah seinen Freund sich unter ihrer Musterung winden.

„Vierzehn", antwortete sie schließlich.

„Vierzehn", wiederholte Ella betrübt und schüttelte den Kopf. „Du weißt schon, dass man mit vierzehn bereits ins Gefängnis wandert?"

Unbeeindruckt zuckte die Nyx die Achseln. „Nur, wenn man sich erwischen lässt." Die dunklen Augen taxierten ihre Kleider. „Ihr seid nicht aus dieser Zeit", stellte sie fest.

„Du auch nicht", erwiderte Ella. „Und du lenkst vom Thema ab."

„Scharfsinnig", bemerkte das Mädchen spöttisch. Leon glaubte Belustigung aus ihrer Stimme herauszuhören, doch angesichts des aufgesetzten Hohns war das schwer zu sagen. Demonstrativ schaute sie auf ihre Armbanduhr. „Wie dem auch sei. Es war nett, mit euch zu plaudern, aber ich habe Verpflichtungen. Ihr werdet verstehen, dass ich heute Nacht einiges tun muss, also entschuldigt meine Unhöflichkeit. Ihr solltet ohnehin längst im Bett liegen. Geht nach Hause und genießt die letzten sorgenfreien Stunden. Morgen erwachen wir in einer neuen Welt." Mit diesen Worten wandte sie sich ab, um sie stehen zu lassen, doch sie hatte die Rechnung ohne Ella gemacht.

„Nicht so schnell, Verbrecher-Lady", entgegnete Leons Freundin und klopfte der Dunkelhaarigen mit der Klinge des Gladius auf die Schulter. „Von mir aus kannst du gehen, aber zuerst rückst du die Kugel raus." Da das Schwert sich gefährlich nah an ihrem Hals befand, drehte sich die Nyx bedächtig herum. Ihre Selbstsicherheit schien allerdings nicht beeinträchtigt.

„Hört mal", entgegnete sie genervt. „Ich habe keine Zeit für Kindereien. Glaubt mir, ihr wollt euch nicht mit mir anlegen. Ich wurde seit meiner Geburt auf diese Mission vorbereitet und werde sie mir von niemandem vermasseln lassen. Eigentlich habe ich keine Lust, euch wehzutun, aber ich habe auch kein Problem damit. Die Entscheidung liegt bei euch."

Leon erkannte, dass sie es ernst meinte, und begann zu schwitzen. Obwohl das Mädchen die Hände in die Hüfte gestemmt hatte, zweifelte er nicht daran, dass sie in der Lage war, ihre Drohung wahr zu machen. „Vielleicht können wir über alles reden ...", warf er ein, doch Ella kam ihm zuvor.

„Du vergisst, dass es meine Klinge ist, die an deiner Kehle liegt", erinnerte sie die Nyx, auf deren Lippen sich ein unheilvolles Lächeln ausbreitete.

„Ist das so?" Das Mädchen war so schnell, dass Leon nicht einmal blinzeln konnte. Er sah einen silbernen Blitz, bevor ihr Schwert die Schneide des Gladius kreuzte und ihn unter Funkenregen von ihrem Mantel schob. Mit gespieltem Erstaunen zog die Dunkelhaarige einen Schmollmund. „Wie schnell die Dinge sich ändern. Bist du sicher, dass du das willst?"

Eine Sekunde zögerte Ella. Dann vergrößerte sie den Abstand zu der Nyx und ließ das Drachenschwert kreisen. „Irgendwelche letzten Worte?"

Die Ältere grinste. „Es wird mir eine Freude sein, deine Waffe an mich zu nehmen." Als sie Leon anschaute, zuckte er zusammen. „Vergiss nicht, an uns dranzubleiben, Amulett-Junge. Wir wollen schließlich nicht, dass irgendwer mitbekommt, was hier passiert. Das könnte die Geschichte verändern."

Er schluckte und zermarterte sich das Hirn, wie er die Situation retten konnte, doch bevor ihm etwas einfallen wollte, gingen die Mädchen aufeinander los.

Klirrend schlug Metall auf Metall und der Klang von Stahl zerriss die Nacht. Das Mondlicht verfing sich in den Klingen der Kämpferinnen und tauchte ihre Gesichter in gespenstischen Schein. Wie Racheengel umkreisten sie einander und ließen dabei Schwerthiebe auf die jeweils andere niederregnen. Einen schrecklichen Moment glaubte Leon, seine Freundin könnte der Nyx unterlegen sein, doch der Gladius schien seinen eigenen Kampf zu fechten. Auch wenn Ellas Bewegungen nicht so flüssig wie die der Dunkelhaarigen aussahen, gelang es ihr, die gegnerischen Hiebe abzublocken und ihrerseits ein paar Manöver anzubringen. Dennoch rutschte ihm beim Geräusch der sich kreuzenden Waffen das Herz in die Hose. Irgendetwas sagte ihm, dass das ältere Mädchen sich zurückhielt. Beinahe gelangweilt duckte es sich unter einem hoch gezielten Schlag hindurch und hüllte sich in Schweigen. Ella, die es gewohnt war, ihre Kämpfe verbal auszutragen, versuchte ihr Gegenüber aus der Reserve zu locken.

„Ich wüsste gern, wie du heißt. Damit ich einen Namen auf deinen Grabstein schreiben kann."

Die Nyx ging in die Offensive und verfehlte knapp den roten Pferdeschwanz. „Kira", antwortete sie mit einem Feixen, als die Schwerter erneut aufeinandertrafen. „Ich mag dein Haar."

„Danke, deins ist auch nett", erwiderte seine Freundin. Wieder blitzten die Klingen und Leon war schleierhaft, woher die Mädchen die Luft nahmen, sich zu unterhalten. Er selbst hatte Mühe, ihnen zu folgen, um den Unsichtbarkeitszauber aufrechtzuerhalten, während er versuchte, in einem Stück zu bleiben. Da Jimmy hinter ihm stand, musste er zusätzlich aufpassen, nicht über dessen Füße zu stolpern. Dass sie zu viert, mit Hamster, in einem Dreimeterradius eingepfercht waren, erschwerte den Kampf, trotzdem wirbelten die Mädchen so schnell herum, dass sie zu verschwommenen Schemen verblassten.

„Das ist doch lächerlich", knurrte Ella, während Kira auf sie einhackte. „Gib mir die Kugel und wir flechten uns Zöpfe."

Die Dunkelhaarige lachte, sodass Leon den Eindruck gewann, die beiden hätten sich unter anderen Umständen gut verstanden, jetzt allerdings schüttelte die Nyx den Kopf.

„Ich fürchte, das geht nicht", entgegnete sie und brachte ihre Hüfte außerhalb der Reichweite des Gladius.

„Wieso?", fragte Ella. Sie klang frustriert. „Was willst du mit dem ollen Ding?"

Kira vollführte eine elegante Drehung und gelangte hinter ihre Gegnerin. „Ich muss eine Handvoll Alchemisten davon abhalten, sich selbst in die Luft zu sprengen."

„Alche-was?" „Alchemisten." Klirr-klirr. „Alte Männer, die mithilfe okkulter Mächte die Kontrolle über die Welt erlangen wollen."

Ella hob ihre Augenbraue. „Das sind die Nyx? Hört sich an, als wären sie Trottel. Du wirkst intelligent. Wieso hilfst du ihnen?"

Kira seufzte und führte ihren nächsten Hieb nur halbherzig. „Eine Familienangelegenheit", erklärte sie vage.

„Klingt ätzend", befand Ella.

Darauf erwiderte die Dunkelhaarige nichts. Stattdessen sah sie abermals auf ihre Uhr. Als sie erneut das Schwert hob, wirkte sie entschlossen.

„Du scheinst in Ordnung und kämpfst nicht schlecht, deshalb würde ich es begrüßen, wenn du dich ergibst. Anderenfalls muss ich dieser Übung nun ein Ende setzen." Ihre Warnung hallte laut in Leons Ohren, und Ella, auf deren Stirn der Schweiß stand, musste unter dem nächsten Streich die Zähne zusammenbeißen. Sie wirkte erschöpft, dennoch straffte sie die Schultern.

„Ich werde die Welt bis zum letzten Atemzug verteidigen", verkündete sie trotzig. „Außerdem ist Aufgeben einfach nicht mein Ding." Sie versuchte es mit einem kraftvollen Ausfallschritt, den Kira mühelos vereitelte. Statt fair zu kämpfen, trat die Nyx seiner Freundin gegen das Knie, sodass diese strauchelnd zurückwich und beinahe aus dem Zauberkreis gefallen wäre. Wütend fasste Ella den Gladius fester, als Kira auch schon bei ihr war, um sie erneut in die Enge zu treiben. Offenbar war das Mädchen genug herumgesprungen und jetzt bereit, Ernst zu machen.

„Vielleicht ist es Zeit für das Netz der Gerechtigkeit", meldete sich Heribert, den Leon vollkommen vergessen hatte. Der Hamster hatte Ellas Arm verlassen und war übergangsweise bei Jimmy untergekommen. Mit zuckenden Schnurrhaaren beobachtete das Tier den Kampf, und zur Abwechslung waren sie einer Meinung. Schnell kramte Jimmy in seinem Rucksack, während Leon sich bemühte, die Bewohner des sechzehnten Jahrhunderts nicht Zeuge des tobenden Brückengefechtes werden zu lassen. Seine rothaarige Freundin war inzwischen in der Defensive und hatte Schwierigkeiten, den aufeinanderfolgenden Hieben ihrer Gegnerin standzuhalten. Als Jimmy ihm ein Ende des Retis iustitia zuwarf, ergriff er es deshalb erleichtert. Sich an die Schwertkämpferinnen heranzuschleichen, war jedoch nicht leicht. Wie ein Ninja sprang Kira um Ella herum und ließ das Schwert, Fäuste und Tritte auf diese herniedersausen. Es sah nicht gut für Ella aus, die plötzlich aus dem Gleichgewicht geriet und fluchend zu Boden ging. Mit knapper Not gelang es ihr, sich abzufangen, doch das Drachenschwert entglitt ihrem Griff. Scheppernd rutschte es über das dunkle Pflaster, wo es liegen blieb. Mit ärgerlich zuckendem Kiefer blickte Leons Freundin zu Kira auf, die breitbeinig über ihr stand.

„Ich habe dich gewarnt", erklärte die Dunkelhaarige, und er glaubte Bedauern in ihrem Tonfall zu hören. Dann ging alles sehr schnell: Kira hob das Schwert, er sah sein eigenes Gesicht in der Klinge …

„Jetzt!", schrie er, bevor er nach vorn hechtete. Jimmy hatte sich bereits in Bewegung gesetzt und mit vereinten Kräften warfen sie das Retis iustitia über die Nyx, die sich überrascht zu ihnen herumdrehte. Sofort begannen die goldenen Fäden zu glühen und sich um ihr Opfer zusammenzuziehen. Durch das Gittermuster erkannte er Kiras fassungslose Miene, als eine unsichtbare Kraft ihre Hand aufbog, sodass das Sichelschwert vor ihre Füße fiel. Sie öffnete den Mund, um etwas zu sagen, doch bevor ein Laut ihre Lippen verließ, erhellte ein gleißendes Licht die Nacht und riss das Mädchen mit sich fort. Eine Sekunde später deutete nichts darauf hin, dass sie soeben vor ihnen gestanden hatte – nichts außer einer tennisballgroßen Kugel, die auf dem holprigen Untergrund davonrollte.

Hastig beeilte sich Leon, dem goldenen Ball zu folgen, ehe dieser in die Saale stürzen konnte und all ihre Bemühungen umsonst gewesen sein sollten.

Als er zu seinen Freunden zurückkehrte, half Jimmy gerade Ella auf die Beine. Ihre Handgelenke waren aufgeschürft und auf ihrer Schläfe blutete ein Kratzer, sonst schien sie jedoch in Ordnung. Statt sich um ihre Verletzungen zu kümmern, schaute sie sich suchend um.

„Wo ist sie hin?", fragte sie verblüfft.

„Keine Ahnung", erwidert er wahrheitsgemäß und reichte ihr seine Wasserflasche, aus der sie trotz des üblen Brunnenwassers trank.

„Glaubt ihr, sie wurde wie Turris unter die Erde verbannt?", überlegte Jimmy.

Unschlüssig rieb Leon sich das Kinn. „Möglich. Vielleicht sitzt sie auch im Gefängnis. Immerhin ist Diebstahl eine Straftat."

„Ich hoffe, sie ist bei Pau", piepste Heribert. Er kicherte hämisch. „Das ist schlimmer als Gefängnis."

„Ich mochte sie eigentlich", bemerkte Ella, und Leon war wenig überrascht. „Ihre Strafe wird nicht zu hart ausfallen, oder?"

„Sie wollte dich umbringen!", erinnerte Jimmy sie, aber Ella machte eine wegwerfende Handbewegung.

„Ich glaube, wir waren dabei, Freundinnen zu werden."
Sie schraubte den Deckel der Flasche zu und wischte
sich den roten Fransenpony aus der Stirn. „Wie auch
immer. Danke, Jungs, ihr habt mir das Leben gerettet.
Das war Rettung in letzter Sekunde."

Leon knuffte ihr in die Seite. „Wozu hat man Freunde? Außerdem wären wir ohne dich nie an das hier
gekommen." Er hielt die goldene Kugel hoch, an der,
abgesehen von ihrer Farbe, nichts besonders war.

Geknickt bückte sich Ella nach dem Gladius. „Ich habe
verloren", knurrte sie bitter.

„Dafür bist du am Leben", tröstete Jimmy. „Und wir
haben, was wir wollten."

Widerwillig stimmte ihre Freundin zu, doch Leon sah
die Niederlage an ihr nagen. Betont fröhlich richtete
sie sich schließlich auf. „Also, was nun?"

Das war eine gute Frage. Ratlos standen sie auf der
menschenleeren Brücke, während der Fluss unter ihnen dahinplätscherte. Der Schnapphans hatte sie ge-
beten, den Kugel-Dieb aufzuhalten und den goldenen
Ball an sich zu nehmen, bevor Kira die Nyx treffen
konnte. Das hatten sie getan. Was danach zu tun sei,
war nie zur Sprache gekommen. Um ehrlich zu sein,
hatte Leon keine Ahnung, wie es weitergehen sollte.

Nachdenklich drehte er die Kugel in den Händen.

„Ich schätze, wir müssen zurück an den Ausgangs-punkt. Schließlich wollen wir verhindern, dass Kira die Kugel überhaupt stiehlt."

Jimmy und Ella nickten, aber Heribert der Sechste leg-te wie üblich den Finger in die Wunde. „Und wie sol-len wir das anstellen, Schlauberger? Wie kommen wir ins einundzwanzigste Jahrhundert?"

Zu Leons Überraschung antwortete eine dünne Sing-sang-Stimme:

„Durch Schall und Rauch und auch die Zeit,

durchdring ich die Vergangenheit.

Es hallt mein Ruf durch Welt und Raum,

wo Grenzen fließen wie im Traum.

Die Gegenwart wird zukunftsgleich,

wenn ich durch die Jahrzehnte reis'.

Einst ist jetzt und jung bald alt,

Epochen in Äon-Gestalt.

Ob Fremdplaneten, Ozean,

von Kanada zum Süd-Oman.

Bis an den Rand Neu-Mexikos,

ist meine Macht gar grenzenlos."

Als ihm klar wurde, dass die Kugel gesprochen hatte, hätte er sie beinahe von sich geworfen.

Es kostete ihn Überwindung, den Ball auf Höhe seiner Nase zu heben, doch nichts daran ließ erkennen, dass er soeben etwas gesagt hatte. Weder besaß er plötzlich Augen noch einen Mund. Dafür waren die erklungenen Zeilen mit filigranen Buchstaben in das Gold graviert.

„Hans meinte, die Kugel enthalte alles Wissen", murmelte er langsam. „Außerdem ist sie ein Raumzeitportal. Nur so konnte Kira zurückkreisen." Aufgeregt begegnete er den Blicken seiner Freunde. „Mithilfe der Kugel gelangen wir in die Gegenwart!"

„Bist du sicher?", fragte Ella zweifelnd. „Wie sollen wir sie bewegen, uns nach Hause zu bringen? Ich meine, kann sie uns überhaupt hören? Sie hat ja nicht mal Ohren!"

Wieder war es die Kugel, die antwortete:

„Nicht alles mit Ohren hört auch gut,
es treibt oft Flachs, wer hören tut.
Doch brauche ich kein Hörorgan,
für diese Zeiten-Achterbahn.

Alles vonnöten ist schon hier,
die Frage ist: Vertraut ihr mir?
Gebt klare Weisung jetzt sofort,
dann bring ich euch an jeden Ort."

„Gut, dass sie in Rätseln spricht", brummte Heribert, aber Leon war zu euphorisch, um auf den Hamster einzugehen.

„Haltet euch an mir fest", wies er seine Begleiter an. „Wenn es wie letztes Mal wird, ist es besser, wir bleiben zusammen. Nicht dass jemand zwischen den Jahrhunderten verloren geht ..."

Sofort rückten seine Freunde näher an ihn heran. Offenbar behagte ihnen der Gedanke, in der Zeit zu stranden, ebenso wenig wie ihm. Sobald er sicher war, dass sie nicht auseinandergerissen werden würden, wandte er seine Aufmerksamkeit der Schnapphanskugel zu.

„Kugel", begann er atemlos. „Führe uns nach Hause."

Wie bei ihrer ersten Zeitenreise explodierte ein ohrenbetäubendes Donnern. Der Wind frischte auf und trieb ihm Tränen in die Augen, aber er konzentrierte sich auf den goldenen Ball, der in seinen Händen zu vibrieren begann. Während der Sturm an seinen Kleidern zerrte, sah er das Zeichen der orangeroten

Feuerblume auf der goldenen Oberfläche erscheinen, bevor sich die Spiralwindungen abwickelten. Surrend legten sie sich um seinen Brustkorb. Indessen wurde die Kugel in seinen Fingern warm, sodass er fürchtete, sich zu verbrennen, doch die Flammen machten keine Anstalten, auf ihn überzugreifen. Sobald das Wirbeln heftiger wurde, spürte er ein seltsames Knistern in der Luft und eine uralte Energie in den Knochen. Es war kein unangenehmes Empfinden und er dachte noch, dass sich so Magie anfühlte. Da ging ein Ruck durch seinen Körper und katapultierte ihn aus der Zeit.

Wie beim letzten Mal schrie er auf. Und noch etwas blieb gleich. Wieder kam das Ende unsanft. Wieder umfing ihn Dunkelheit. Wieder war er sicher, dass sie sich an einem merkwürdigen Ort befanden …

Kapitel 7

Weigeliana

domus

Autsch", stöhnte Leon. Zum zweiten Mal an diesem Tag lag er wie eine Schildkröte auf dem Rücken. Man hätte meinen können, er habe sich daran gewöhnt, aber seine Rippen protestierten schmerzhaft.

„Verdammt!", hörte er Ella fluchen, woraus er schloss, dass es seinen Freunden nicht besser ergangen war. Resigniert rollte er sich auf die Seite und stemmte sich hoch. Ein kurzer Blick bestätigte, was er bereits vermutet hatte. Erneut war er in eine Schrankwand geknallt … Während er sich die Wange rieb, bewegte er ungelenk den Kiefer. Dunkelheit erschwerte die Sicht und einen Moment glaubte er, sie seien zurück in der Schnapphanswerkstatt, dann erkannte er den Irrtum. Zweifelsfrei befanden sie sich in einem Haus mit geschmückten Wänden, davon abgesehen hatte es jedoch wenig mit dem Arbeitszimmer des Puppenmachers gemein. Stattdessen waren sie in einem Salon gelandet. Nicht in einer Wildwest-Bar, sondern in einem vollgestopften Empfangszimmer. Einem ziemlich protzigen Empfangszimmer …

Rasch zückte er seine Taschenlampe und ließ den Schein über unzählige Kommoden, Vitrinen und verschnörkelte Möbel wandern. Viele waren bemalt und kunstvoll mit Mustern oder Gemälden verziert. Der Lichtkegel bewegte sich von aufwendig geschnitzten Stühlen über Tische mit Kugelfüßen zu zwei dick gepolsterten Sofas mit goldbestickten Kissen. Generell fand sich die Farbe Gold im ganzen Raum wieder, ob an den prächtigen Einrichtungsgegenständen, in Form seltsamer Apparaturen auf einer Anrichte oder in der Fassung des gigantischen Kronleuchters, der von der Decke hing. Natürlich wusste Leon wenig über Innenausstattung, doch eines stand fest: Sie waren nicht mehr im Jahre fünfzehnhundertachtundsiebzig. In die Gegenwart konnten sie es allerdings auch nicht zurückgeschafft haben.

„Sieht aus, als wären wir falsch abgebogen", piepste Heribert und sprach damit seine Befürchtung aus.

„Ganz toll", murmelte Ella, der es wie durch ein Wunder gelungen war, nicht auf den Gladius zu fallen und sich selbst aufzuspießen. „Wo ist die verdammte Kugel, damit ich ihr den Hals umdrehen kann?"

Leon verzichtete darauf, anzumerken, dass eine Kugel keinen Hals besaß, und schaute sich suchend um. Es dauerte eine Sekunde, bis er den kleinen Ball zwischen den glänzenden Gegenständen ausmachte. Bei ihrem Crash war er ihm aus der Hand gefallen und unter einen Sessel am Kamin gekullert. Schnell sammelte er ihn ein.

„Irgendwas ist schiefgegangen", sagte er mehr zu sich selbst als an die anderen gerichtet. „Nur was?"

Die Kugel war sofort bereit, ihnen Rede und Antwort zu stehen. Wie zuvor ertönte ihre feine Singsang-Stimme:

„Der Weg nach Hause führt euch her,

denn heimzukommen ist recht schwer.

Ein jedes Wunder müsst ihr sehn,

und dann erst kann es weitergehn,

So hält es sich mit der Magie,

doch helfen wird euch ein Genie.

Die Lösung jener Schwierigkeit,

findet ihr in dieser Zeit."

„Klasse", bemerkte Jimmy mit einem Seufzen. „Das bedeutet, wir sind immer noch auf dem Weg nach Hause?"

„Exakt, so wurde es erfüllt,

da Zauber sich in Rätsel hüllt!"

„Und wo genau sind wir?", wollte Leon wissen.

Ehe die Kugel zu einer Erklärung anheben konnte, kam ein Mann in den Raum gestürzt. Er wirkte wie frisch aus dem Bett und machte einen aufgeschreckten Eindruck. In der linken Hand hielt er eine Kerze, in der rechten einen Pantoffel. Als er wild damit herumfuchtelte, fiel ihm eine zipfelige Nachtmütze vom Kopf. „Diebe! Einbrecher!"

Leon sah ein paar dunkle Brauen in die Höhe schießen, bevor der Mann über seinen Morgenmantel stolperte und in einem Knäuel aus Armen und Beinen zu Boden ging. Die Kerze entglitt seinem Griff und ging aus.

„Oh mein Gott! Ist Ihnen etwas passiert?" Schnell ging er um einen dicken Sessel herum und half dem Neuankömmling auf die Füße. Dieser blinzelte im Schein der Taschenlampe, zupfte aber seinen Schlafrock zurecht, unter dem ein Nachthemd hervorlugte. „Geht es Ihnen gut?", fragte Leon noch einmal.

„Ja", erwiderte der Fremde, während er ein wenig Abstand zwischen sie brachte. Er wandte den Blick nicht von dem Lichtstrahl in Leons Fingern ab. „Ja, danke."

Erleichtert bückte sich Leon nach dem Pantoffel, den der Mann fallen gelassen hatte, und reichte ihn seinem Besitzer. Zögerlich nahm dieser den Schuh entgegen, presste ihn jedoch an die Brust, als glaube er, sie wären gefährlich.

„Tut mir leid, wir wollten Sie nicht erschrecken", sagte er deshalb. „Bitte entschuldigen Sie unser Eindringen. Das war ein bisschen anders geplant."

„Ihr seid keine Einbrecher?", fragte der Mann zweifelnd. Leon sah einen scharfen Verstand hinter der hohen Stirn arbeiten. Er schüttelte den Kopf, während ihr Gegenüber sich nachdenklich über den dünnen Schnurrbart strich.

„Man könnte sagen, wir haben uns verirrt", kam Jimmy ihm zu Hilfe, doch der zerzauste Herr Ende vierzig wirkte nicht überzeugt.

„Wenn ihr keine Diebe seid, was wollt ihr dann? Es ist mitten in der Nacht!"

„Das ist kompliziert", erwiderte Leon und lenkte die Aufmerksamkeit des Fremden damit erneut auf sich oder besser gesagt auf die Taschenlampe in seiner Hand. Wie eine Katze einem Laserpointer folgte der Mann dem Lichtstrahl mit den Augen.

„Was für eine erstaunliche Erfindung", murmelte er. „Wie funktioniert sie?"

Leon hatte keine Ahnung. „Ich glaube, mit Batterien", entgegnete er.

Darauf trat ein neugieriger Ausdruck in das schnurrbärtige Gesicht. „Was sind Batterien?"

„Also, ähm – "

„Ich will nicht unhöflich sein", unterbrach Ella und ersparte ihm damit eine Antwort. „Aber können Sie uns sagen, wo wir sind?"

Mit neugieriger Miene zog der Mann seinen Pantoffel wieder an. Offenbar war er zu dem Schluss gekommen, dass sie keine Bedrohung darstellten.

„Im Weigeliana domus." Als er ihre verständnislosen Gesichter sah, fuhr er fort: „Im Weigelschen Haus – meiner Wohnstätte."

„Sie sind Weigel?", hakte Jimmy nach, und auch Leon glaubte sich zu erinnern, dass der Schnapphans diesen Namen erwähnt hatte.

Stolz warf sich der Mann in die Brust. „Gewiss habt ihr von mir gehört."

„Nicht wirklich", gestanden sie im Chor.

„Oh, nun …" Sichtlich aus dem Konzept gebracht, rieb sich ihr Gegenüber das Kinn. „Dann gestattet mir, mich vorzustellen." Er deutete eine Verbeugung an. „Erhard Weigel – Professor an der Universität Jena und Experte auf den Gebieten Wissenschaft und Erfindungen, würde ich behaupten. Normalerweise kommen die Leute zu mir, weil sie Rat in einer Angelegenheit brauchen. Ihr müsst wissen, mein Haus ist berühmt. Einige sagen, ich sei meiner Zeit voraus."

Leon wappnete sich für seine nächste Frage. „Und wann ist Ihre Zeit? Welches Jahr schreiben wir?"

Wie erwartet betrachtete ihn der Professor, als hätte er nicht alle Tassen im Schrank. „Sechzehnhundertzweiundsiebzig natürlich."

Jimmy ließ die Schultern hängen und Ella stöhnte.

Weigel, dem ihre Reaktion nicht entging, musterte sie besorgt. „Wieso fragst du?"

„Na, weil wir in der Zeit gereist sind", krakeelte Heribert und kletterte von Ellas Halsbeuge auf ihren Kopf, wo er die kurzen Ärmchen in die Hüfte stemmte. „Und jetzt weigert sich die blöde Kugel, uns nach Hause zu bringen. Findet es wahrscheinlich lustig, uns von Jahrhundert zu Jahrhundert zu schicken. Haha, was haben wir alle gelacht! Aber wenn Madame sich dann mal ausgekaspert hat, sollte sie vielleicht daran denken, dass uns immer noch mehr als fünfunddreißig Dekaden von der Gegenwart trennen, in der wir ihren Diebstahl verhindern müssen."

Für Leon und seine Freunde ergab diese Erklärung Sinn. Weigel allerdings wurde plötzlich sehr blass. „Ein sprechender Hamster", flüsterte der Erfinder und fasste sich ans Herz. „Ich glaube ... ich glaube, ich muss mich setzen." Schwerfällig ließ er sich in den Sessel am Kamin plumpsen.

„Gut gemacht", zischte Leon, während Ella den vorlauten Hamster von ihrem Haar pflückte und unter piepsendem Protest in ihre Handfläche verbannte.

Mitleidig betrachteten sie den geschockten Weigel. Der arme Mann sah aus, als sei soeben sein Weltbild erschüttert worden, und Leon konnte es ihm nachempfinden. Er erinnerte sich gut, wie es gewesen war, Heriberts Stimme zum ersten Mal zu hören. Bevor er jedoch etwas Tröstliches sagen konnte, stand Weigel auf und knotete mit zitternden Fingern seinen Morgenmantel zu. „Ich brauche einen Schluck zu trinken. Würde es euch viel ausmachen, mich in mein Arbeitszimmer zu begleiten?"

Sie hatten nichts dagegen und Leon überließ dem Professor die Taschenlampe, da dessen Kerze bei seinem Sturz unter eine Kommode gerollt war. Während der Erfinder sie durch die dunklen Flure des Hauses führte, murmelte er angesichts der Handleuchte immer wieder „Faszinierend" und „Wirklich erstaunlich".

Leon dagegen war beeindruckt vom Weigeliana domus. Zwar erahnte er in der Finsternis nur schemenhafte Umrisse, doch was er ausmachte, konnte sich sehen lassen. Im Gegensatz zu dem luxuriösen Salonzimmer wirkte der Rest des Gebäudes schlicht, dafür aber bei Weitem interessanter. Er hatte nie überlegt, wie ein Erfinder lebte, doch als er jetzt darüber nachdachte, kam er zu dem Schluss, dass Weigel dem Klischee entsprach. Überall standen merkwürdige Apparaturen, an den Wänden hingen komplizierte Pläne und das Gebäude glich einem Labyrinth aus Gängen und Nischen.

„Nettes Haus", bemerkte Jimmy, während der Besitzer sie eine spiralförmige Treppe hinaufführte, die sich durch jede Etage zu ziehen schien, sodass sich in ihrer Mitte eine Röhre bildete.

Der Mann im Morgenmantel lächelte erfreut. „Danke. Ich habe es nach meinen eigenen Entwürfen bauen lassen. Das Dach ist ziemlich einmalig und die Sprüche draußen an der Fassade habe ich höchstpersönlich an die Mauer gepinselt. Mein ganzer Stolz ist allerdings ..." Er fummelte am Geländer herum und es ertönte ein Klicken wie vom Umlegen eines Schalters. „... das hier."

Leon klappte die Kinnlade herunter, sobald sich das quadratische Dachtürmchen über ihnen öffnete und mit leisem Knarren den Blick auf die Sterne freigab.

„Wow", hauchte Ella an seiner Seite.

„Ist das cool!", rief Jimmy ehrfürchtig.

Die Augen des Professors funkelten mit den Gestirnen um die Wette und er schien zufrieden mit seiner Demonstration. „Ich arbeite daran, dass man sie auch am Tag sieht. Wenn ich den Treppenschacht mit Tüchern verhänge, ist das Ergebnis schon ganz gut, aber bei Nacht glitzern sie natürlich viel schöner. Kommt weiter." Sprachlos folgten sie dem Erfinder die Stufen hinauf. Als er endlich stehen blieb, keuchte Leon schwer. „Immer hereinspaziert", bat der Wissenschaftler und hielt ihnen zuvorkommend eine Tür auf.

Im Inneren entzündete er ein paar Kerzenleuchter, sodass sie sich umsehen konnten.

Das Arbeitszimmer des Professors zeugte von einer Mischung aus Genie und Chaos. Während Weigel weitere Dochte anbrannte, fiel das Licht auf mächtige Bücherregale, die unter der Last von dicken Ledereinbänden ächzten. Auf den obersten Holzbrettern erkannte Leon jeweils zirkelähnliche Instrumente, ungewöhnliche Globen oder eine Auswahl an Fernrohren. Passend dazu stand in einer Ecke ein vergoldetes Teleskop und die Wände waren zugepflastert mit Sternenkarten. Auch komplizierte Berechnungen befanden sich unter den Aufzeichnungen, eine Menge Skizzen sowie Darstellungen eigenartiger Gerätschaften. Es war, als wären sie in Weigels Verstand gefallen, und Leon konnte die Intelligenz beinahe fühlen. Indessen bahnte sich der Wissenschaftler seinen Weg durch verstreute Papierbögen und schob mit dem Fuß einen besonders hohen Stapel beiseite.

„Entschuldigt die Unordnung", bemerkte er mit einer schiefen Grimasse, als er ein paar zusammengeknüllte Blätter von einem überladenen Schreibtisch wischte. Dabei schubste er aus Versehen einen Kompass in die Tiefe, machte sich aber nicht die Mühe, ihn aufzuheben. Stattdessen ergriff er einen Zinnbecher und betätigte einen bronzefarbenen Hahn, der aus der Mauer hinter ihm ragte. Die dunkle Flüssigkeit, die darauf in den Kelch floss, sah nicht aus wie Wasser, doch der Professor genehmigte sich einen kräftigen Schluck, bevor er sich vor ihnen an den Schreibtisch setzte.

„Was ist das?", fragte Jimmy, dem der fruchtige Geruch nicht entgangen sein konnte. „Traubensaft?"

Weigel zögerte. „So könnte man es nennen."

„Aus Ihren Hähnen fließt Wein", stellte Ella fest.

„Nicht aus allen", verteidigte sich der Hauseigentümer, schob den Becher aber ein Stück von sich. „Ich nenne es Kellermagd, weil durch die Leitung jede Flüssigkeit in die oberen Geschosse transportiert werden kann. Gut, wenn es mal brennt."

„Es sei denn, es fließt Wein", bemerkte Ella trocken und verpasste der Begeisterung des Professors damit einen Dämpfer.

„Mhm, ja ..." Er räusperte sich und deutete auf den Stuhl vor seinem Schreibtisch. „Tut mir leid, ich habe nur einen, aber wenn sich jemand setzen will ..."

Dankbar ließ sich Leon auf die Sitzfläche fallen, um mit einem Schrei wieder aufzuspringen, als etwas ihm in den Hintern trat.

„Was zum Teufel ...?!"

„Oh nein, das habe ich ganz vergessen." Eilig kam Weigel um den Tisch herum und griff nach dem unscheinbaren Kissen, auf dem Leon sich niedergelassen hatte. Demonstrativ klopfte er mit der rechten Hand darauf. Überraschend prallte sie daran ab wie von einem straff gespannten Trampolin. „Meine neueste Erfindung: das Elastische Kissen. Noch nicht ganz ausgereift, allerdings besser als die Schießende Springuhr." Traurig nickte er in Richtung einer kleinen Kuckucksapparatur, der Jimmy am nächsten stand. „Wenn sie zur Stunde schlägt, haltet euch von ihr fern." Hastig rückte sein Freund davon ab.

Schießende Springuhr? Elastisches Kissen? Leon rieb sich den Hosenboden. Diese Dinge klangen, als gehörten sie in einen Scherzartikelladen – oder besser verboten. Beunruhigt schaute er sich nach Erfindungen um, die ihm darüber hinaus gefährlich werden konnten.

Ella dagegen schien neugierig. „Was haben Sie sonst noch?", wollte sie wissen.

Weigel griff nach einer winzigen Schale, die er vor ihnen auf ein Schränkchen setzte, wo sie loshopste und über die Kante fiel. Glücklicherweise landete sie auf einem zweiten Elastischen Kissen, sodass sie auf dem Parkett weiterhüpfen konnte.

„Die Springende Schüssel", betitelte der Erfinder den klappernden Winzling, der an die Tasse aus „Die Schöne und das Biest" erinnerte. „Wahrlich ein hoffnungsloser Fall…" Plötzlich erhellte ein triumphierender Ausdruck seine Miene. „Aber das hier ist wirklich praktisch." Er ließ das Elastische Kissen fallen, das von den Dielen zurückgeschleudert wurde, und durchquerte mit wenigen Schritten den Raum, wo er sich an einer Einlassung im Mauerwerk zu schaffen machte. Eifrig zog er an einem Seil und sie hörten es in der Tiefe rattern. Nach wenigen Sekunden hatte der Professor ein hölzernes Brett mit einem Korb heraufgezogen. „Ein Lastenaufzug", erklärte er voller Stolz. „Sehr nützlich, wenn ich spät arbeite und keine Lust habe, in die Küche zu gehen." Er hob einen Korb mit Birnen heraus. „Hungrig?"

Gierig fielen sie über die Früchte her, als hätten sie seit Tagen nichts gegessen.

„Ein Fahrstuhl für Essen – super!", befand Jimmy schmatzend, doch Weigel runzelte die Stirn.

„Ein fahrender Stuhl? Nein, aber gute Idee! Das muss ich mir aufschreiben." Er kramte auf seinem chaotischen Schreibtisch und machte eine Notiz mit einer großen Feder, ehe er ihnen gegenüber Platz nahm und noch einen Schluck Wein trank. Inzwischen hatte er wieder etwas Farbe im Gesicht und war offensichtlich bereit, sich den Ereignissen im Erdgeschoss zu stellen. „Also, zurück zu eurem sprechenden Hamster. Außerdem würde ich wirklich gern wissen, wie ihr in mein Haus gekommen seid."

Unschlüssig betrachtete Leon die Kugel in seinen Händen. Dann platzierte er den goldenen Ball vor Weigel auf dem Tisch und begann zu erzählen, wie sie durch den Torbogen Ara in die Vergangenheit gesogen worden waren. Die sprechende Schnapphansfigur und den winzigen Drachen, den Riesen Turris und den Zwerg Pau ließ er dabei außen vor, doch er offenbarte, dass sie aus der Zukunft stammten und nun Probleme hatten, dorthin zurückzukehren. Als er fertig war, massierte sich der Mann im Morgenmantel die Nasenwurzel.

„Das ist unmöglich", flüsterte der Erfinder schließlich. „Man kann nicht in der Zeit reisen."

„Laut Einsteins Relativitätstheorie ist es denkbar", wandte Jimmy ein. Unter den erstaunten Blicken seiner Freunde setzte er zu einer Erklärung an: „Na ja, zumindest mathematisch gesehen. Durch einen Raumzeitkanal. Allerdings ist das in der Praxis wohl schwierig. Ich glaube, man bräuchte dazu eine Art negative Materie und natürlich extrem viel Energie."

„Wo hast du das denn her?", fragte Leon verblüfft.

Sein bester Freund zuckte die Schultern. „Aus einer Doku über Wurmlöcher. Jedenfalls sagt die Relativitätstheorie die Existenz von Brücken im Raum voraus."

Weigel blinzelte verwirrt. „Raumzeitkanäle? Wurmlöcher? Was soll das sein? Und was in aller Welt hat ein Stein damit zu tun?"

„Einstein", korrigierte Ella. „Einer der bekanntesten Wissenschaftler des vergangenen Jahrhunderts. So ein Typ mit strubbeligen Haaren und ... – ach, vergessen Sie's. Viel wichtiger ist, dass wir in unsere Zeit zurückkommen. Mithilfe der Kugel müsste das gehen, aber der letzte Versuch hat uns in Ihr Wohnzimmer katapultiert. Ich bin sicher, dass wir nicht vollkommen falsch sein können. Wahrscheinlich sind wir einfach noch nicht ganz da. Also, können Sie uns helfen?"

Weigel machte einen zittrigen Atemzug und lehnte sich in seinem Stuhl zurück, wo er die Hände im Nacken verschränkte. Einen Herzschlag lang starrte er an die Decke, doch als er erneut zu ihnen sah, konnte Leon ein entschlossenes Funkeln in seinen Augen erkennen. Die Zahnräder eines intelligenten Verstandes schienen sich zu drehen und Leon war zuversichtlich, dass, wenn jemand ihr Dilemma lösen konnte, es Weigel war.

„Das erste Mal seid ihr durch den Kirchbogen gereist", rekapitulierte der Erfinder, während er aufstand und zwischen den herumliegenden Papieren auf und ab zu tigern begann.

Leon nickte. „Meinen Sie, wir müssen dorthin zurück?"

Der Professor strich sich über den Bart. „Die Kirche ist nicht weit von hier. Nur rechts die Straße hoch. Allerdings glaube ich kaum, dass wir dort Antworten finden. Ihr habt gesagt, die Kugel sei der Schlüssel, demnach sollte es ohne den Bogen funktionieren. Außerdem besteht die Gefahr, dass zwei so mächtige Kräfte einander aufheben. Am Ende zerstören wir die Portale und ihr kommt gar nicht mehr nach Hause. Nein ..." Er blieb stehen und tippte sich mit dem Zeigefinger an die Lippen. „Euch auf gut Glück loszuschicken wäre zu gefährlich, aber vielleicht ..." Sein Gesicht hellte sich auf. „Ja, vielleicht gibt es einen anderen Weg. Wie war gleich die Inschrift auf dem Sirenenstein?"

„Ara, caput, draco, mons, pons, vulpecula turris, Weigeliana domus, septem miracula Jenae", erklärte die Kugel singend. Verärgert stellte Leon fest, dass sie diesmal nicht reimte.

„Genau!", rief der Professor, dem vor lauter Euphorie nicht aufgefallen war, wer soeben geantwortet hatte. „Übersetzt bedeutet das so viel wie: Die Altarunterführung, der Kopf, der Drache, der Berg, die Brücke, der Fuchsturm und das Weigelsche Haus sind die sieben Wunder von Jena. Nun, ich habe keine Ahnung, was es mit den anderen Wundern auf sich hat, aber ich finde es großartig, dass mein Haus dazugehört!"

Jetzt erst wurde Leon klar, dass sie jedes dieser Wunder aufgesucht hatten. Eins nach dem anderen hatten sie alle sieben abgeklappert und waren schließlich bei Weigel persönlich gelandet. Dass die Kugel sie hergeführt hatte, war kein Zufall, aber …

„Wie kommen wir nach Hause?", hakte Ella nach und sprach damit Leons Gedanken aus.

„Ganz einfach", entgegnete Weigel vergnügt. „Die lateinischen Worte haben euch hergebracht – sie werden euch zurückführen."

„Das klingt zu leicht, um wahr zu sein", bemerkte Jimmy skeptisch.

„Weil es etwas Entscheidendes zu beachten gibt." Der Wissenschaftler machte eine dramatische Pause. „Ihr müsst den Spruch ..." Er beschrieb eine Handbewegung gegen den Uhrzeigersinn. „... rückwärts aufsagen!"

„Das ist alles?", fragte Ella.

Weigel, der ganz aus dem Häuschen wirkte, wackelte belehrend mit dem Finger vor ihrer Nase. „Nicht ganz. Ihr habt erzählt, ihr hättet jeder einen Teil des Satzes vorgelesen, also ist es wichtig, dass ihr wieder euren Abschnitt übernehmt. Außerdem würde ich vorschlagen, dass alle die Kugel berühren. Sicher ist sicher."

Leon fand, dass der Begriff sicher ja wohl relativ war, aber Weigel machte einen zuversichtlichen Eindruck.

„Können Sie das mit Gewissheit sagen?", erkundigte er sich trotzdem und das Lächeln des Professors geriet ins Wanken.

„Na ja, zwischen Theorie und Tatsache gibt es Raum für Spekulation. Ich bin zu achtundneunzig Prozent überzeugt, aber die Wahrscheinlichkeit, dass ich recht behalte, liegt bei fünfzig. Der beste Weg, eine Hypothese zu überprüfen, ist meiner Erfahrung nach, sie auszuprobieren. Andererseits seid ihr Kinder. Vielleicht ist das keine so gute Idee."

„Es ist unsere einzige Chance", bemerkte Ella trocken. „Und schlimmer kann es kaum werden, oder?"

Leon hoffte, dass sie nicht gerade das Schicksal herausgefordert hatte, stimmte jedoch zu. Zwar war die Vorstellung, in der Steinzeit zu landen oder von einem Dinosaurier zertrampelt zu werden, alles andere als erstrebenswert, aber sie waren zu weit gekommen, um für immer im Jahr sechzehnhundertzweiundsiebzig zu bleiben. Davon abgesehen, dass für immer ziemlich kurz ausfallen würde, wenn sie ihre Mission nicht beendeten, wusste er die Vorzüge von Elektrizität zu sehr zu schätzen, als dass er sie hätte aufgeben wollen. Entschlossen nahm er deshalb die Kugel an sich. Der Professor war dazu übergegangen, ihnen fieberhaft vorzurechnen, was alles schiefgehen konnte, doch sie hatten sich entschieden.

Trotzdem fiel ihnen der Abschied schwer. Während der Wissenschaftler ihnen Glück wünschte und sie sich für seine Hilfe bedankten, dachte Leon, dass er gern mehr vom Weigeliana domus gesehen hätte. Da ihr Auftrag allerdings drängte, beschränkte er sich darauf, den Eigentümer zu bitten, nicht zu viel über Wurmlöcher, Portale oder Taschenlampen nachzudenken. In Anbetracht des eifrigen Ausdrucks in dessen Gesicht war ihm bewusst, dass er ihn kaum davon abhalten konnte, dennoch musste er Kira recht geben, die gesagt hatte, es sei besser, den Lauf der Dinge nicht zu verändern. Er hoffte, dass der Professor das ebenso sehen würde oder ihr Zusammentreffen sogar für einen Traum hielt. Natürlich erschien diese Möglichkeit unrealistisch, sobald Weigel sie einlud, ihn immer und zu jeder Zeit zu besuchen, ehe er augenzwinkernd hinzufügte, sie sollten in der Zukunft auf sein Haus achtgeben. Dass keiner von ihnen es je in der Gegenwart gesehen hatte, verschwiegen sie ihm.

„Bereit?", fragte Leon schließlich seine Freunde und sie kamen in einem Kreis zusammen. Jeder legte eine Hand auf die Kugel und sogar Heribert trippelte unter dem verblüfften Blick des Erfinders Ellas Arm hinunter, um seine Pfote zwischen ihren Fingern hindurchzuquetschen.

„Sayonara, Professor", rief der Hamster dem Wissenschaftler zu, der sich darauf an der Tischkante festhielt. Ungeachtet der Dinge, die sie ihm berichtet hatten, wurde er blass um die Nase. Anscheinend fiel es ihm bei all dem Raumzeitdurcheinander immer noch am schwersten, den sprechenden Nager zu akzeptieren. Gut, dass sie ihm nichts von Heriberts Familie, den Hamsterhammers, erzählt hatten …

Die hüpfende Tasse sprang um ihre Füße, als Jimmy seinen Teil des Wundersatzes begann. Weigel hatte ihnen die Worte aufgeschrieben, damit sie keine Fehler machten.

„Jenae miracula septem, domus Weigeliana."

„Turris vulpecula, pons, mons", fuhr Ella beschwörend fort.

Leon schaute auf seinen Zettel und bemühte sich, langsam und deutlich zu sprechen: „Draco, caput, ara!"

Wieder kam der Wind auf und der goldene Wirbelsturm fegte durch Weigels Arbeitszimmer. Während die Feuerblume zu glühen begann, flogen Papierbögen durcheinander und stürzten den Raum endgültig ins Chaos. „Unglaublich!", hörte Leon den Professor über das Surren hinweg rufen. Dann erfasste das Kribbeln seinen Körper und sie wurden aus der Zeit gerissen.

Kapitel 8

Es ist nicht alles Gold, was glänzt

Heribert der Listige

Diesmal war er vorbereitet. Als seine Knie einknickten und er ins Wanken geriet, schaffte er es, das Gleichgewicht zurückzuerlangen. Ein triumphierendes Lächeln stahl sich auf seine Lippen, nur um einem Stirnrunzeln zu weichen. Sie befanden sich nicht auf dem Rathausturm. Er hatte angenommen, die Kugel würde sie dorthin bringen, sodass sie sich zu Hans abseilen müssten, der in fünfzehn Metern Höhe hing. Stattdessen waren sie im Stadtmuseum gelandet. Der Geruch des alten Gemäuers stieg ihm in die Nase und weckte seinen Argwohn. Hatte ihr Raumzeitportal sie abermals auf Umwege geführt? Er wollte den goldenen Ball befragen, doch dieser war verschwunden. Mit schnell schlagendem Herzen versuchte er sich klarzumachen, dass dies ein gutes Zeichen sein musste. Sicher bedeutete es, dass sie es zurückgeschafft hatten. Das oder sie waren verloren ...

Ella und Jimmy standen bereits an einem großen Fenster und spähten durch quadratische Glaskacheln nach draußen. Sobald er sich zu ihnen gesellte, konnte er aufatmen. Jugendliche in Jeans und Sneakers schlurften vor dem Gebäude vorbei, draußen war es hell und die Rathausuhr auf der anderen Seite des Marktplatzes zeigte halb zwölf. Sie hatten es geschafft! Sie hatten die Gegenwart eingeholt!

Dennoch fühlte er sich unwohl. Beunruhigt blickte er in dem kleinen Gewölberaum umher. Die Wände waren weiß verputzt und die wenigen Ausstellungsstücke beleuchtet. Direkt hinter ihnen befand sich ein großer Glaskasten mit einer Nachbildung des Drachen Draco, die viel furchteinflößender aussah als das Exemplar, das sie zum Kekse-Essen eingeladen hatte. Ihnen gegenüber prangte ein buntes Informationsplakat, und selbst wenn Leon nie im Stadtmuseum gewesen wäre, hätte er spätestens dadurch gewusst, dass sie in die Ausstellung der Sieben Wunder geplatzt waren. Etwas Entscheidendes war bei seinem letzten Besuch jedoch anders gewesen …

„Sind wir allein?", fragte Jimmy leise.

„Scheint so", flüsterte Ella. Die Wände warfen ihre Worte zurück. „Sieht aus, als hätte das Museum geschlossen."

Den Eindruck machte es allerdings. Die Stille im Haus war erdrückend und die gruselige Drachenfigur verursachte Leon Gänsehaut. Um sich abzulenken, konzentrierte er sich auf die Tatsache, dass sie Hausfriedensbruch begingen! Er hatte nie gehört, dass Kinder freiwillig in eine Ausstellung einbrachen, aber es war mit Sicherheit strafbar. Garantiert mussten die Türen alarmgesichert sein, wie also sollten sie das Gebäude verlassen, geschweige denn erklären, wie sie hineingekommen waren?

Während seine Gedanken sich überschlugen, drang ein Geräusch an seine Ohren. „Pst", zischte er, obwohl niemand etwas gesagt hatte. Einen Moment lauschten sie angestrengt, dann hörte er es erneut: Schritte! Sie kamen aus den oberen Stockwerken. Schnell zog er seine Freunde hinter die einzige Deckung, die sich ihnen bot, und drückte sie in den Schutz des grauen Drachensockels. Gleichzeitig ging er im Kopf die Liste der Möglichkeiten durch. Wer kam dort die Treppe herunter? Ein Museumsangestellter? Der Sicherheitsdienst? Mit angehaltenem Atem spähte er um den Glaskasten, doch ehe er sich entscheiden konnte, wer mehr Ärger bedeuten würde, trat eine vertraute Gestalt in den Raum.

Das dunkelhaarige Mädchen sah aus wie bei ihrem Aufeinandertreffen vor vierhundertfünfzig Jahren. Das Schwert hing in einer Scheide an ihrer Hüfte und sie hatte die Kapuze zurückgeschlagen. Mit ungeheurer Selbstsicherheit durchquerte Kira das Zimmer. Wahrscheinlich hatte sie sich Zutritt über das Dach verschafft oder war durch ein offenes Fenster gestiegen. Es hätte ihn nicht gewundert, wenn sie dazu aus einem Helikopter gesprungen wäre – für jemanden, der im Begriff stand, etwas Illegales sowie Weltveränderndes zu tun, wirkte sie jedenfalls entspannt. Trotzdem war es merkwürdig, die Nyx zu beobachten, wo sie gerade erst vor seinen Augen verpufft war. Diese Kira hatte das Netz der Gerechtigkeit noch nicht berührt. Obwohl ihr Treffen für Leon Vergangenheit war, musste es für das Mädchen erst stattfinden. Zwar würde sie dazu in der Zeit zurückreisen, aber der Kampf mit Ella ereignete sich für sie in der Zukunft, wenn es ihnen nicht gelang, sie zu stoppen. Leon konnte sich nicht erinnern, je in einer verworreneren Situation gesteckt zu haben, doch sie hatte einen Vorteil. Das Mädchen vor ihm war ihnen nie begegnet. Dementsprechend wusste es nicht, dass sie ihm auf den Fersen waren oder sich hinter der Drachenstatue verbargen. Wieder hatten sie das Überraschungsmoment auf ihrer Seite. Und sie würden es brauchen, wenn man bedachte, dass sie arg mitgenommen waren, während Kira vor sich hin pfiff.

Seelenruhig machte sich die Nyx an der Scheibe neben der Plakatwand zu schaffen und endlich wurde Leon klar, wieso die Kugel sie an diesen Ort gebracht hatte. Wenn er bei ihrem Klassenausflug im Frühling besser aufgepasst hätte, wäre er früher darauf gekommen. Die Original-Schnapphansfigur hing seit Jahren nicht mehr am Rathaus. Man hatte sie abgenommen und aus Gründen der Instandhaltung im Stadtmuseum untergebracht. Vor vier Monaten war er achtlos an dem Schaukasten vorbeigegangen, doch als er jetzt um die Ecke spähte, war er sicher, dass sich hinter dem Glasfenster Hans mit seinen Begleitern verbarg – einschließlich der goldenen Kugel.

Angespannt verfolgte er, wie Kira einen piepsenden Apparat, der offensichtlich die Alarmanlage ausschaltete, aus ihrer Manteltasche zog. Das Gerät ähnelte einem winzigen Wecker, war allerdings nicht so merkwürdig wie die kleine Saugglocke, die sie aus ihrer anderen Tasche zutage förderte. Von ihr ging ein Zirkelarm aus, der Funken schlug, sobald sie die

Konstruktion vor sich auf die Scheibe setzte. Leon zählte vier Sekunden, in denen ein leises Surren ertönte. Schließlich erstarb der Laut und die Nyx löste das Instrument mitsamt einem fußballgroßen Stück Glas von der Vitrine. Beides legte sie neben sich, bevor sie durch die kreisrunde Öffnung griff und den goldenen Ball herauszog, den Leon vor wenigen Minuten in seinen eigenen Fingern gehalten hatte. Er wusste, dass sie etwas unternehmen mussten, wenn sie verhindern wollten, dass Kira in der Vergangenheit verschwand. Glücklicherweise nahm Ella sich der Sache an.

„Du musst das nicht tun, Kira", hallte die Stimme seiner Freundin durch das Gewölbe.

Die Dunkelhaarige hatte ihr Schwert schneller gezückt, als Leon schauen konnte, doch zumindest schien sie überrascht. Ihre Augen verengten sich zu Schlitzen, sobald sie Ella erfassten, die langsam hinter der Drachenstatue hervortrat. Sofort nahm die Nyx Kampfeshaltung ein. In der einen Hand hielt sie die todbringende Klinge, in der anderen die unscheinbare Kugel, die so viel Chaos anrichten konnte.

„Wer seid ihr?", fragte sie misstrauisch, während auch Leon und Jimmy sich aus ihrer Deckung wagten.

Ella ging nicht darauf ein, sondern versuchte die Nyx

zum Einlenken zu bewegen. „Glaub mir, es ist besser, wenn du die Kugel zurücklegst. Willst du wirklich so viel für die Alchemisten riskieren?"

Leon sah einen erstaunten Ausdruck über Kiras Miene huschen, doch das Mädchen war nicht die Art von Person, die gern im Dunkeln tappte.

„Woher wisst ihr davon?", blaffte sie angriffslustig.

„Du hast es uns gesagt", erklärte er leise. „Fünfzehnhundertachtundsiebzig."

Es war gefährlich, ihr davon zu erzählen. Wenn die Nyx entwischte, wäre sie vorgewarnt, sodass ihre Zeitreise-Ichs es noch schwerer haben würden, sie aufzuhalten. Er riskierte, auf der Camsdorfer Brücke getötet zu werden und es nie in diesen Moment zu schaffen, allerdings glaubte er kaum, dass es klug war, Kira zu belügen. „Du hast erzählt, es handle sich um eine Familienangelegenheit", fügte er deshalb an, ohne zu wissen, inwiefern das wichtig sein sollte.

Für Kira jedoch schien es einen Unterschied zu machen. „Das habe ich gesagt?", entgegnete sie perplex.

Er sah, wie die Zahnräder in ihrem Kopf sich drehten, während sie die Stirn runzelte. „Wer seid ihr?", fragte sie noch einmal.

„Ich schätze, wir sind die Beschützer des Guten", antwortete Jimmy mit einem albernen Grinsen, worauf Ella ihm in die Seite stieß.

„Wichtiger ist: Warum hasst du die Menschheit?", wandte seine Freundin sich an Kira.

Die Nyx hob spöttisch eine Braue. „Was soll das werden? Therapie?" In ihrem Ton schwang die Überheblichkeit mit, welche sie ihnen bereits im sechzehnten Jahrhundert entgegengebracht hatte.

Ella rieb sich die Schläfe und Leon sah einen Muskel an ihrem Kiefer zucken. Als sie erneut zu sprechen begann, klang seine Freundin gereizt. „Wir wollen einfach wissen, wieso du ein paar Trotteln hilfst, die Welt in Schutt und Asche zu legen."

Nachdenklich betrachtete das ältere Mädchen sie. „Wieso ich den Idioten helfe? Damit sie mich in Ruhe lassen!"

Leon verstand nicht. „Wie meinst du das?"

Die Nyx stützte sich auf die Spitze ihres Schwertes und verschränkte die Arme darüber. „Es ist nicht leicht, einer Linie machtbesessener Knallköpfe zu entstammen", offenbarte sie düster. „Nur wenige Alchemistenfamilien haben es ins einundzwanzigste Jahrhundert geschafft, aber sie wollen immer noch Gott spielen." Abfällig rümpfte sie die Nase. „Und das bloß, weil wir ein bisschen Magie im Blut haben. Als würde das irgendetwas bedeuten. Heutzutage ist jeder billige Taschenspielertrick beeindruckender."

„Du kannst zaubern?", hakte Leon nach, der nicht wusste, ob er fasziniert oder beunruhigt sein sollte.

Kira verdrehte die Augen, tat ihm aber den Gefallen, mit Daumen und Zeigefinger zu schnippen. Er sah einen kleinen Funken springen. „Vollkommen nutzlos", kommentierte sie.

„Es sei denn, du willst eine Kerze anzünden", gab Ella zu bedenken und die Dunkelhaarige schenkte ihr den Anflug eines Lächelns.

„Danke, nett von dir."

„Die Alchemisten halten sich also für etwas Besseres", fasste Jimmy zusammen. „Deshalb beanspruchen sie die Weltherrschaft?"

„Genau", stimmte Kira zu. „Früher waren sie wohl ganz intelligent. Verrückt und regelmäßig im Konflikt mit der Kirche, aber belesen. Zumindest für die damalige Zeit. Mein Vater redet ständig von den alten Tagen. Wie viel besser alles war." Sie schnaubte. „Als wäre er dabei gewesen …"

„Du wirkst nicht sonderlich angetan von deiner Familie", stellte Jimmy fest.

„Natürlich nicht. Würdest du gern mit einem Haufen Freaks verwandt sein?"

„Und trotzdem hilfst du ihnen?", fragte Ella vorsichtig. Kira zuckte die Achseln. „Mein Vater geht seit drei Jahren am Stock. Eines seiner Experimente ist schiefgegangen und irgendjemand muss diese Tölpel doch davor bewahren, einen Dschinn zu beschwören."

Leon stocherte in seinem Ohr herum. „Entschuldige, hast du Dschinn gesagt? Wie in Aladin und die Wunderlampe?"

Mit neuer Wachsamkeit musterte ihn das Mädchen. „Sicher nicht. Dschinn sind böse, hinterhältige Mistkerle. Trickreiche Wesen. Ich denke, ihr wisst so viel?"

Bevor er erneut etwas Dummes sagen konnte, sprang Ella ein und lenkte Kiras Aufmerksamkeit auf sich. „Die Nyx haben also diesen Dschinn beschworen – und sich damit selbst in die Luft gesprengt."

Die Dunkelhaarige nickte. Es war klug von Ella, Kiras Worte aus dem sechzehnten Jahrhundert zu zitieren.

Auch ihr nächster Satz musste ins Blaue geraten sein, hörte sich aber an wie eine Tatsache. „Weil bei der Anrufung etwas schiefgegangen ist."

Ein wenig entspannter verlagerte Kira ihr Gewicht von einem Fuß auf den anderen und begann mit dem Ball in ihrer Hand zu spielen. „Hätten die ehrwürdigen Herren mal in Ritualkunde besser aufgepasst. Dann wäre ihnen aufgefallen, dass der Schutzteil der Beschwörung fehlte, und sie hätten nicht so zahlreich ins Gras gebissen. Mal ehrlich, jeder weiß doch, dass Dschinn gefährlich sind. Aber gut, es waren andere Zeiten ohne Internet."

„Deshalb willst du zurückreisen", schlussfolgerte Jimmy. „Um sie zu warnen und ihnen die Informationen zu bringen."

Die Dunkelhaarige richtete sich auf und klopfte mit der Spitze ihres Schwertes gegen ihren Stiefel. „Mein Vater tüftelt seit Ewigkeiten an einer Möglichkeit, die Gesetze von Raum und Zeit zu überwinden. Ich habe sie gefunden." Versonnen betrachtete sie das Artefakt in ihren Fingern. „Die Kugel des Schnapphans – fast lächerlich einfach. Mit ihr gelange ich in die Vergangenheit und die alten Männer hören mir zu. Von einem Mädchen würden sie sich nie belehren lassen, aber diesem Ding werden sie glauben." Sie warf den goldenen Ball in die Luft und fing ihn auf. „Wahrscheinlich muss ich überhaupt nicht erwähnen, dass es die Wahrheit sagt. Die Magie wird sie überzeugen." Es klang, als würde Kira wenig vom Urteilsvermögen ihrer Vorfahren halten, trotzdem wirkte sie entschlossen, ihr Vorhaben umzusetzen. Für Leon passte das nicht zusammen. Sie war intelligent genug, ins Stadtmuseum einzubrechen, aber sah nicht, wie falsch ihre Absichten waren? Das konnte er sich kaum vorstellen …

„Und dann?", fragte er deshalb. „Die Alchemisten erwünschen eine Welt nach ihren Vorstellungen und unterjochen die Menschheit?"

Er glaubte einen unbehaglichen Zug um ihre Lippen zu erkennen, doch die Nyx zuckte die Schultern. „Wahrscheinlich. Ich nehme an, sie werden sich wie Könige verehren lassen. Das ist es schließlich, was sie wollen: aus ihren Löchern kriechen, Magie praktizieren, Macht."

„Das können wir nicht zulassen", erklärte Ella grimmig. Sie zog den Gladius aus ihrem Rucksack und wog sein Gewicht in ihrem Griff. Dann richtete sie die Klinge gegen Kira. „Es ist falsch, und du weißt das."

Die Dunkelhaarige betrachtete sie mit undurchdringlichem Gesichtsausdruck. „Du bist edelmütig", stellte sie fest. „Und kühn – aber dumm." Blitzschnell hob sie ihr Schwert und ging auf Ella los.

Wieder klirrte Metall, und Angst legte sich um Leons Eingeweide. Alles in ihm drängte ihn, etwas zu unternehmen, doch er wusste nicht, was er hätte tun können. Das Netz der Gerechtigkeit war fünfzehnhundertachtundsiebzig verloren gegangen und das Unsichtbarkeitsamulett an seinem Hals nützte ihm wenig. So musste er zuschauen, wie die Mädchen zwischen den Schaukästen herumsprangen, während sie versuchten, sich gegenseitig in Scheiben zu schneiden. Für Ella sah es dabei schlecht aus. Zwar hatte seine Freundin Kiras Kampfstil bereits studiert, allerdings auch schon ein Gefecht hinter sich. Trotz der zusätzlichen Kraft des Gladius war ihr die Erschöpfung deshalb anzumerken. Die Ereignisse der vergangenen Stunden steckten in jeder ihrer Bewegungen.

„Willst du wirklich unter der Führung der Alchemisten leben?", rief seine Freundin keuchend, als sie einem von Kiras Streichen mit knapper Not entkommen war. „Kannst du verantworten, dass Menschen deinetwegen versklavt werden?"

Wütend holte die Nyx aus. „Es geht nicht darum, was ich will", fauchte sie und trieb Ella weiter in die Enge. „Ich bin die letzte Erbin der Bruderschaft und die Einzige, die jung und stark genug ist, diese Mission zu erfüllen. Sie ist mein Schicksal!"

„Sagt wer?", entgegnete Leons Freundin, die den Gladius inzwischen mit beiden Armen schwang. „Nichts ist in Stein gemeißelt! Was rät dir dein Gewissen?" Statt zu antworten, stutzte die Nyx ihr den Pferdeschwanz um zehn Zentimeter. „Hey!", rief Ella, während ein paar rote Strähnen zu Boden segelten. Zornig revanchierte sie sich mit einem Tritt gegen Kiras Handgelenk, worauf dieser die Kugel aus den Fingern glitt. Geräuschvoll knallte das Artefakt auf die Fliesen und rollte außer Reichweite der Mädchen. Am liebsten wäre Leon dem goldenen Ball nachgejagt, der im Eingangsbogen des Zimmers liegen blieb, doch die Kämpferinnen schirmten ihn davon ab.

„Du kapierst das nicht", zischte die Nyx ärgerlich. „Ich wurde vierzehn Jahre auf diese Aufgabe vorbereitet. Seit ich mich erinnern kann, trainiert mein Vater mich darauf, den Untergang der Alchemisten zu verhindern. Ihr könnt euch nicht vorstellen, wie viele Stunden ich mit Fechtübungen, Hokuspokus und staubigen Büchern zugebracht habe. Wenn ich diesen Auftrag beende, ist er zufrieden, und ich kann ein normales Leben führen."

„Du tust das also für deinen Vater?"

„Nicht für ihn", blaffte Kira. „Wegen ihm. Um frei zu sein."

„Frei in einer unterdrückten Welt?", gab Ella zu bedenken, während sie ihre Hüfte vor Kiras tödlicher Klinge in Sicherheit brachte.

„Argh", lautete die frustrierte Erwiderung der Nyx.

„Was ist mit deiner Mutter?", hakte Leons Freundin nach und schien ihre Gegnerin damit aus dem Gleichgewicht zu bringen. Kira versteifte sich.

„Abgehauen. Als ich ein Baby war. Ich kann es ihr nicht verübeln ..."

Eine Sekunde herrschte betretenes Schweigen, und das Klappern der Schwerter war das einzige Geräusch. Dann ergriff Ella erneut das Wort. „Ich verstehe schon", presste sie zwischen zusammengebissenen Zähnen hervor. „Die Wahrheit ist unbequem. Du hasst mich, weil ich dir diese Fragen stelle, aber irgendwer muss es tun. Selbst wenn die Nyx ihren Willen bekommen, werden sie dich nicht in Ruhe lassen.

Du wirst eine Gefangene sein, wie alle anderen auch. Ein Vogel in einem goldenen Käfig, aber nie frei." Ihre Stimme zitterte vor Anstrengung und der Arm knickte ihr unter der nächsten Attacke ein. „Überleg doch, Kira. Du machst sie stark und wirst damit schwach. Glaubst du wirklich, sie tolerieren deine Pläne? Sie werden dich zu ihrer Marionette machen, und wenn du ihren Wünschen nicht folgst, werden sie deine Fäden durchtrennen."

„Halt den Mund!", schrie die Nyx, doch Ella, die nur noch durch die Wunderplakat-Mauer in ihrem Rücken aufrecht gehalten wurde, dachte nicht daran.

„Du hast gesagt, diese Männer ließen sich von einem Mädchen nichts vorschreiben. Denkst du, du hättest irgendwelche Rechte? Glaubst du, du könntest über deine Zukunft entscheiden?" Der Gladius entglitt ihrem Griff und fiel scheppernd zu Boden. Die Spitze von Kiras Schwert fand Ellas Kehle, wo sie schwebend verharrte. Leon stockte der Atem, doch seine Freundin reckte herausfordernd das Kinn. „Du kannst mich töten, Kira. Aber du wirst nicht gewinnen. Denn am Ende stehst du auf der Verliererseite."

Das Schwert der Nyx lag an Ellas Haut und Leon sah einen Blutstropfen hervorquellen. Einen quälenden

Augenblick sagte niemand ein Wort. Dann, ganz langsam, löste sich die silberne Klinge vom Hals seiner Freundin.

„Ich werde dich nicht umbringen", entschied Kira.

Sie steckte das Sichelschwert zurück in ihren Gürtel. „Aber ihr könnt mich nicht aufhalten." Mit zwei Schritten stand sie unter dem steinernen Bogen, wo noch immer die Schnapphanskugel lag. Kiras Lächeln wirkte gezwungen, doch sie bückte sich danach. „Wenn ihr erlaubt, werde ich jetzt meinen Vater glücklich machen – autsch!"

Kaum hatten sich ihre Finger um das Artefakt geschlossen, ließ sie es fallen – oder zumindest das, was Leon und sie dafür gehalten hatten. Als sich der kleine Ball jedoch entrollte und auf allen vieren davonrannte, erkannte er seinen Irrtum.

„Ausgetrickst!", plärrte Heribert, während er über die gekachelten Fliesen das Weite suchte. Kira betrachtete ihren Zeigefinger, in den er sie gebissen haben musste. In Windeseile erklomm der Hamster Jimmys Hosenbein und rettete sich in dessen hohle Hand, wo bereits die echte Schnapphanskugel lag. Offenbar hatte Heribert, der klein genug war, zwischen Beinen und Degen hindurchzutauchen, das Original zu Jimmy gewälzt und dann dessen Platz eingenommen. Ein kluger Schachzug, den Leon ihm nie zugetraut hätte, die Nyx allerdings wirkte wenig begeistert. Mit wutverzerrter Miene griff sie nach ihrer Waffe – die plötzlich verschwand.

„Es ist vorbei, Kira – Tochter eines verzweifelten Mannes", ertönte eine knarzige Stimme. Das dunkelhaarige Mädchen zuckte zusammen und auch Leon wäre beinahe in die Luft gesprungen. Ella dagegen, die neben der größten Ausstellungsvitrine kauerte, lächelte, als das von Kira angesägte Glas zu flimmern begann und sich auf magische Weise entmaterialisierte. Die Nyx-Kriegerin schien vor Schreck ganz starr, doch Leon trat neugierig näher und fand sich drei Schritte später dem furchteinflößenden, aber erfreuten Grinsen des Schnapphans gegenüber.

Es kostete ihn Mühe, dessen Lächeln zu erwidern, denn die Zeit hatte dem Kopf nicht gutgetan. Für Hans waren seit ihrer Begegnung vierhundertfünfzig Jahre vergangen und er sah noch faltiger aus als in Leons Erinnerung. Das hölzerne Gesicht war in Mitleidenschaft gezogen und die Farbe der Narrenkappe hatte einen ungesunden Grauton angenommen. Trotzdem strahlten die schwarzen Augen so freundlich wie fünfzehnhundertachtundsiebzig.

„Hans!", rief Jimmy, der neben ihn getreten war. „Du siehst…"

„… alt aus?", beendete der Kopf den Satz.

Jimmy zögerte. „Ich wollte antik sagen."

Der breite Mund klappte auf und entblößte die riesigen Zähne, während ein schmirgelndes Lachen erklang. „Ich habe euch vermisst", gluckste der Schnapphans. „Ich hatte gehofft, dass wir uns wiedersehen, und hier steht ihr! Als Retter und Helden des Universums."

Ella räusperte sich.

„Ich meinte natürlich Retter und Retterinnen", verbesserte er sich hastig.

„Und Heldinnen!", forderte Ella streng.

„Selbstverständlich", erklärte Hans mit zuckenden Mundwinkeln. Dann sah er sie einen nach dem anderen an. „Meine Freunde – und Freundinnen! –, ihr habt das Unmögliche möglich gemacht. Ihr habt mir meine Kugel zurückgebracht und uns alle gerettet. Ich weiß nicht, wie ich euch danken soll – wie euch die

Welt danken soll!"

„Keine große Sache", wehrte Ella ab, die immer noch auf den Fliesen hockte.

„Halb so wild", versicherte Jimmy, der ebenfalls vollkommen fertig wirkte.

„Jederzeit wieder", nuschelte Leon. Er hatte seinen Körper nie deutlicher gespürt und ließ sich schwerfällig vor Hans in den Schneidersitz sinken. „Wir sollen dich übrigens von Pau grüßen."

Der Schnapphans lachte. „Das glaube ich kaum. Ich nehme an, er hat Probleme gemacht?"

„Oh ja", murmelte Jimmy. Von Ella kam ein abfälliges Schnauben. „Dafür waren die anderen Wunder nett", überlegte sein dunkelhaariger Freund, während er seinen löchrigen Schuh auszog und prüfend einen Finger durch den Stoff schob. Er wackelte damit herum, bevor er sich erneut an Hans richtete. „Turris ist jetzt frei. Ich hoffe, das ist okay... Wobei – ist er frei? Wenn Kira nicht in die Vergangenheit reist, werden unsere Gegenwarts-Ichs es tun?"

Leon runzelte die Stirn. Das war in der Tat ein guter Einwand. Genau genommen bestand nicht länger die Notwendigkeit, der Nyx ins sechzehnte Jahrhundert zu folgen. Sie hatten Kira aufgehalten, bevor der Kampf auf der Camsdorfer Brücke für diese stattfinden konnte. Bedeutete das, dass alles, was sie erlebt hatten, nie passiert war? Ihm wurde schwindelig und er dachte mit Sorge an Turris. Es wäre schrecklich, wenn der gutmütige Riese noch immer unter der Erde gefangen säße.

Der Schnapphans aber brachte Licht ins Dunkel. „Was geschehen ist, ist geschehen", sagte der Kopf. „Vor wenigen Sekunden kam es zu einer Überschneidung von Ereignisketten und die Zeitlinien haben sich neu arrangiert. Das Universum ist bestrebt, das Gleichgewicht zu wahren, sodass es sich anhand von Wahrscheinlichkeiten ausrichtet, die alle in diesen Moment führen. Unabhängig von Dimension oder Raum laufen demnach eure Handlungen – und die eurer Doppelgänger in Parallelwelten – auf dasselbe Endergebnis hinaus: Der Planet wurde gerettet. Man könnte sagen, der Kosmos stellt die Ordnung von selbst wieder her. Außerdem befinden wir uns in diesem Augenblick vor eurer Gegenwart. Hier laufen viele Zeitstränge zusammen. Ihr kommt gerade aus der Vergangenheit, habt sie verändert und seid über das siebzehnte Jahrhundert zu mir gereist. Was sich fünfzehnhundertachtundsiebzig abgespielt hat, ist also auf jeden Fall passiert, denn es war ja zuerst da."

Für Leon klang diese Erklärung wenig logisch, doch das kümmerte ihn nicht, solange ihr Gigantenfreund keine Aussichtsplattform mehr sein musste.

„Turris geht es gut", versicherte der Schnapphans. „Der Arme hat lange genug gelitten."

„Und was wurde aus dem Fuchsturm?", warf Ella ein. „Den Leuten muss doch aufgefallen sein, dass er plötzlich verschwunden ist."

Hans zog eine Grimasse. „Nun ja, es war nicht schwer, Ersatz zu finden. Menschen, die ihr Handeln überdenken müssen, gibt es wie Sand am Meer."

„Bedeutet das, jemand anderes steckt in dem Berg?", fragte Leon entsetzt.

„Ich fürchte ja", bestätigte der Schnapphans, der von dieser Vorstellung ebenso wenig angetan schien wie er selbst. „Der Hausberg braucht einen Wächter."

Leon mochte sich nicht ausmalen, wie es sein musste, unter Tonnen von Erde begraben zu liegen, und schauderte.

„Davon abgesehen kann ich euch mitteilen, dass ihr die Gesetze von Raum und Zeit gewahrt habt", fuhr Hans fort und schnitt damit ein freudigeres Thema an. „Eure Reise hatte keine negativen Konsequenzen. Genau genommen hat sich nichts verändert, außer dass die Zahnbürste bereits fünfzehnhundertachtzig in Europa Einzug hielt. Ihr habt einen jungen Fischer sehr reich gemacht", erklärte er auf ihre fragenden Blicke. „Und die Mundhygiene der Neuzeit revolutioniert."

„Ja, ja, super, alle laufen mit Pfefferminzatem herum", maulte Heribert. Der Hamster war auf Jimmys Haar geklettert und stemmte die Fäuste in die Hüfte. „Aber was ist mit mir? Ohne mich hättest du deine Kugel nicht zurückbekommen. Ist das kein Lob wert?"

Leon sah die Lippen des Schnapphans zucken, doch die Figur blieb ernst. „Natürlich!", versicherte der Kopf dem Hamster, der sich stolz in die Brust warf. „Wo bin ich mit meinen Gedanken? Auch du hast deine Sache gut gemacht, Heribert der Sechste." Mit einem Lächeln fügte er an: „Man könnte sagen, du hast die Welt im Alleingang gerettet, aber wir sollten nicht vergessen, dass es noch eine Person in diesem Raum gibt. Komm zu mir, Kira."

Leon verdrehte sich beinahe den Hals, als er sich nach

der Nyx umdrehte. Er hatte angenommen, sie hätte sich aus dem Staub gemacht, doch sie stand wie angewurzelt, wo ihre Waffe verpufft war. Er dauerte, bis ihm klar wurde, dass sie sich nicht bewegen konnte. Den Schwertarm ausgestreckt, erinnerte sie an eine Statue, doch auf Hans' Befehl fiel der Zauber von ihr ab. Kreidebleich kam Kira auf sie zu, und zum ersten Mal erkannte er Angst in ihrem Gesicht. Ihren ruckartigen Bewegungen zufolge setzte sie die Füße unfreiwillig voreinander, und als sie unkoordiniert hinter ihnen stoppte, sah er Entsetzen über ihre Züge huschen. Auch auf ihn hatte der Schnapphans damals eine abschreckende Wirkung gehabt, aber immerhin hatte er sich nicht vorwerfen müssen, dessen Kugel gestohlen zu haben. Zweifelsfrei befürchtete die Nyx das Schlimmste.

Hans allerdings schlug – soweit es ihm möglich war – einen versöhnlichen Tonfall an. „Keine Sorge. Ich bin nicht auf Vergeltung aus."

Misstrauisch kniff das Mädchen die Augen zusammen und auch Leon war überrascht. Die Nyx hatte das Schicksal der Welt riskiert, da hätte er zumindest eine Predigt erwartet.

Der Kopf aber schien mehr zu wissen. „Ich habe in

dein Herz gesehen", fuhr der Schnapphans fort. „Ich weiß, was in dir vorgeht."

Das Mädchen wirkte zu geschockt, um darauf etwas zu erwidern, und die Figur lächelte.

„Du bist ein guter Mensch, mit nur einem Fehler: den Wünschen deines Vaters zu folgen. Doch es kommt eine Zeit, da muss man sich entscheiden zwischen dem, was von einem erwartet wird, und dem, was richtig ist. Ich verlange nicht, dass du einem alten Stück Holz Glauben schenkst, aber ich bitte dich, deiner inneren Stimme zu vertrauen. Was sagt sie dir? Hast du heute die richtige Wahl getroffen?"

Kira verschränkte die Arme vor der Brust. Ohne ihren aufgesetzten Spott sah sie mit einem Mal sehr jung aus und Leon wurde bewusst, dass sie nur wenige Jahre älter war als er. „Mein Vater ...", hob sie an, doch Ella fiel ihr ins Wort.

„Verdammt, Kira! Es geht nicht um deinen Vater, es geht um dich!"

„Was willst du?", gab Jimmy zu bedenken.

„Und ist das, was du tust, das, was du willst?", wandte Leon ein.

Kira blinzelte verwirrt und er konnte es ihr nachempfinden. Das waren ziemlich viele Fragen, denen sie sich stellen musste. Fragen, die sie vermutlich stets verdrängt hatte. Er wusste nicht, wie es sein musste, zu einer Kampfmaschine erzogen zu werden, aber es war mit Sicherheit kein Zuckerschlecken. Vermutlich hatte man ihr die Werte der Nyx eingebläut. Es konnte nicht leicht sein, jetzt damit zu brechen, um auf ihr Gewissen zu hören. Vor allem nicht, wenn das bedeutete, die Leute zu verraten, die sie aufgezogen hatten.

„Ich mag, was ich kann", erklärte sie schließlich. „Die coolen Dinge, die ich tue ..." Sie blickte zur Decke, ehe sie den Kopf schüttelte. „Aber ich hasse, für wen ich arbeite. Ich verabscheue die Alchemisten. Sie haben mir mein Leben gestohlen!"

Mitfühlend griff Ella vom Boden aus nach ihrer Hand. „Zusammen finden wir einen Weg", versprach Leons Freundin, doch die Nyx war weniger zuversichtlich.

„Und wie soll der aussehen?"

„Vielleicht habe ich eine Lösung", bemerkte Hans. Ein paar zusätzliche Denkfalten hatten sich zu den Furchen auf seinem Gesicht gesellt. „Weißt du, dieser Kugeldiebstahl hat mir bewusst gemacht, wie verletzlich wir Wunder sind. Früher oder später wird die nächste Organisation auf die Idee kommen, es den Nyx gleichzutun oder etwas von unserer Magie abzuzwacken.

Wir könnten dich in unserem Beschützerteam gebrauchen."

Kira wirkte überrascht und geschmeichelt, ehe Zweifel ihre Miene verdüsterten. „Und was ist mit meinem Vater? Ich denke nicht, dass er erfreut wäre. Wenn ich die Seiten wechsle, bringt er mich um." Sie sagte es, ohne mit der Wimper zu zucken, und Leon glaubte ihr.

Hans seufzte schwer. „Ich fürchte, du hast recht. Er ist ein verwirrter Mann, der die Welt für seine Probleme verantwortlich macht. Doch bevor wir uns darüber Gedanken machen, müssen wir ihn aus dem Hausberg bekommen."

Einen Moment herrschte Schweigen. Dann brach Kira die Stille. „Was?!"

Der Schnapphans sah aus, als hätte er gern Hände, um sich die Stirn zu reiben. „Offenbar hat das Retis iustitia, mit dem die Version von dir im sechzehnten Jahrhundert aufgehalten wurde, erkannt, dass du nicht aus eigenem Interesse gehandelt hast. Es scheint, als hätte es sich darauf an den Ursprung deines Auftrages zurückbegeben und stattdessen deinen Vater festgesetzt."

Halb erwartete Leon, dass Kira auf den Kopf losgehen würde, doch das Mädchen nickte nur. Für jemanden, der soeben erfahren hatte, dass sein Vater in einem Berg steckte, wirkte sie gefasst. „Das verschafft mir zumindest Zeit."

„Na also, ist doch alles super!", krähte Heribert.

„Uns wird schon etwas einfallen", versprach Hans.

„Und vielleicht tut ihm die Ruhe im Berg ganz gut", bemerkte Jimmy.

„Ja, wahrscheinlich", stimmte Kira zu, doch Leon sah, dass sie sich Sorgen machte. Egal wie gespalten das Verhältnis zu ihrer Familie sein mochte, der Mann unter der Erde war vierzehn Jahre Teil ihres Lebens gewesen.

„Gemeinsam bekommen wir ihn da raus", versicherte Ella mit einem strengen Blick auf Jimmy. „Er muss sicher nicht für immer dort unten bleiben."

„Und bis dahin überlegen wir, was wir wegen seiner Alchemistenvorstellungen machen", erklärte der Schnapphans optimistisch. „Vorausgesetzt, du kannst dich damit abfinden, fortan mit uns zusammenzuarbeiten?"

Alle sahen Kira an und ein kleines Lächeln breitete sich auf dem Gesicht der Dunkelhaarigen aus. „Ich schätze, daran gewöhne ich mich", entschied sie. Sie schaute zu Ella und das Lächeln wurde zu einem Grinsen. „Außerdem glaube ich, eure Seite könnte ein wenig Training vertragen."

„Hey!", empörte sich Leons Freundin und knuffte ihr kraftlos in die Wade. Da sie nach wie vor mit dem Rücken an der Wand lehnte, gestaltete sich das Ganze schwierig.

Leon schüttelte den Kopf. Er hatte das Gefühl, dass Kira sich gut in ihre Gruppe einfügen würde. Ungeachtet seiner schmerzenden Knochen zwang er sich deshalb aufzustehen, um ihr die Hand zu reichen. „Willkommen bei den Guten", erklärte er, während sie einschlug.

Alles auf
Anfang

Sie blieben noch eine Weile, um zu besprechen, wie sie fortan als Wunder-Trupp agieren wollten. Das größte Kopfzerbrechen bereitete ihnen dabei, einen Namen für ihre Organisation zu finden. Jimmy bestand darauf, sich „die Ninja-Wunder-Leibwächter" zu nennen, kurz „NiWuLei", aber Ella war dagegen. Sie schlug stattdessen „sieben Wunder, vier Bodyguards" vor, was wiederum von Kira abgelehnt wurde. Letztendlich vertagten sie die Entscheidung auf ihre nächste Sitzung, die sie für Mittwochnachmittag bei Draco zum Kekse-Essen veranschlagten.

Indessen entpuppte sich die Nyx als echte Bereicherung. Während sie Pläne schmiedeten, stellte sich heraus, dass Kira eine gute Strategin war. Und noch einen Vorteil hatte es, das Mädchen auf ihrer Seite zu haben. Es wusste, wie der Feind dachte. In Zukunft würde es damit leichter sein, dunkle Machenschaften zu durchkreuzen.

Davon abgesehen verstanden sie sich gut. Es war einfach, mit Kira herumzualbern, jetzt, da sie Teil ihres Teams war. Fast fühlte es sich an, als hätte sie immer zu ihnen gehört, und schon bald hatten sie ein Patrouillenkonzept erarbeitet. Außerdem schlug das ältere Mädchen vor, potenziell gefährliche Gruppen

überwachen zu lassen, von denen es zu Leons Überraschung mehr als eine in Jena gab. Lange beratschlag-
ten sie, wie dies zu bewerkstelligen sei, doch schließlich war es Zeit, sich zu verabschieden. Vor allem von
Heribert dem Sechsten, der nicht sprechend zu ihrem
Klassenausflug zurückkehren konnte. Er würde sich
damit abfinden müssen, ihnen von nun an keine Vor-
schriften mehr zu machen.

„Ich werde unsere Gespräche vermissen", jammerte
der Hamster.

„Wir auch", log Leon, der sich seinen Teil dachte, aber
taktvoll genug war, kein Salz in die Wunde zu streuen.

„Es hat mich gefreut, deine Bekanntschaft zu machen",
versicherte Kira, während der kleine Nager ihnen
reihum den Finger schüttelte.

„Du passt auf, dass ich genug zu essen bekomme, ja?",
fragte der pelzige Fürst an Ella gerichtet, die die Augen
verdrehte.

„Natürlich."

Sorgenvoll strich sich der Hamster über das Fell. „Und
denk daran – keinen Brokkoli! Davon bekomme ich
Blähungen!" Sie lachten und Heriberts Schnurrhaare
zuckten, ehe er sich auf die Hinterbeine stellte, um
sich zu verbeugen. „Meine Freunde, es war mir eine

Ehre, mit euch zu dienen. Ich weiß, ich war euer vierter Musketier, aber seid nicht traurig. Hofft lieber, dass meine schöne Stimme eines Tages wieder erklingen wird. Bis dahin – lebt wohl, Gefährten! Adieu, ihr tapferen Getreuen!"

Leon überlegte, ob er dem Hamster sagen sollte, dass er dank Hans' Magie zu ihrem nächsten Treffen wieder sprechen können würde, beließ es aber dabei.

„Fertig?", fragte der Schnapphans schließlich. Ein letztes Mal scharten sie sich um die Kugel in Jimmys Hand.

„Wir sehen uns Mittwoch", rief Ella Kira zu. „Dann habe ich meine Eltern so weit, dass du bei uns wohnen kannst. Sie wissen es noch nicht, aber sie werden dich adoptieren. Bei uns darfst du sein, wie du wirklich bist."

Die Nyx winkte grinsend und Leon war sicher, dass Hans es ihr gern gleichgetan hätte. Tränen schimmerten in den dunklen Pupillen des Kopfes.

„Ich weiß nicht, wie ich euch danken soll", wiederholte die Figur erneut, sodass Leon in sich hineinlächelte.

„Komm schon, Hans", entgegnete er streng. „Das ist kein Abschied für immer."

„Ich weiß, ich weiß." Der Schnapphans schaute nach oben und zwinkerte heftig. „Beachtet mich gar nicht. Ich bin nur ein altes, sentimentales Stück Holz."

„In zwei Wochen sehen wir uns wieder", versuchte Jimmy ihn zu trösten, doch Hans bekam einen Schluckauf. „Ja." Hicks. „Natürlich." Hicks. „Am besten, ihr geht jetzt." Kleine Sturzbäche liefen der Narrenfigur über das Gesicht und Kira war so freundlich, ihr ein Taschentuch an die Wangen zu halten. Wie auf Befehl begann die goldene Kugel daraufhin zu leuchten. Das Letzte, was Leon mitbekam, war, dass Hans sich geräuschvoll die Nase schnäuzte. Dann riss der Portalstrudel sie mit sich, um sie nicht weit entfernt wieder auszuspucken.

Als er das nächste Mal blinzelte, stand er unter dem Torbogen Ara, wo ihre Reise begonnen hatte. Sofort schlug der muffige Geruch des Gemäuers über ihm zusammen und ein Bierdeckel rollte klimpernd davon, während er sich bemühte, auf den Füßen zu bleiben. Jimmy hatte weniger Glück und schwankte in ein dickes Spinnennetz, um gleich darauf panisch gegen den nächsten Stützpfeiler zu stoßen.

„Autsch", stöhnte sein Freund, wirkte aber nicht allzu griesgrämig. Leon verstand warum. Zur Abwechslung hatte das Raumzeitportal sie genau zur richtigen Zeit an den richtigen Ort gebracht. Zwar erkannte er weit und breit keine Spur des goldenen Balles, doch von der Rückseite der Kirche wehte die nasale Stimme des Stadtführers zu ihnen. Als Leon an das rostige Geländer hechtete, sah er gerade noch die Frau mit der Pudelfrisur um eine Ecke biegen. Sie waren exakt herausgekommen, wo und wann alles begonnen hatte. Das bedeutete allerdings auch …

Er drehte sich um und erblickte in einer Art Déjà-vu Heribert, der an der Kirchenmauer entlangzuckelte. Eine Sekunde versuchte sein Verstand ihm einzureden, er hätte sich die Erlebnisse der vergangenen Stunden eingebildet, doch diesmal kam der Hamster bereitwillig zu ihnen. Rasch krabbelte er Ellas Hosenbein hinauf und ließ sich auf ihrer Handfläche nieder. „Verwirrend, oder?", bemerkte Jimmy, der die Reste der Spinnwebe von seinem Arm wischte.

„Definitiv", stimmte Leon zu. Er zog Paus Amulett aus seinem Kragen. „Aber wir haben das. Ich schätze, das bedeutet, wir sind nicht verrückt." Wie um seinen Worten Nachdruck zu verleihen, stellte sich Heribert auf die Hinterläufe und verbeugte sich. Die Nase des

Hamsterfürsten zuckte und Leon war sicher, dass er lächelte. Sie mochten nicht länger dieselbe Sprache sprechen, aber auch er wusste, was sie erlebt hatten.

„Was in aller Welt treibt ihr hier?" Die Stimme seiner Lehrerin ließ Leon zusammenfahren und er stopfte die Kette zurück unter sein T-Shirt. Als er sich umwandte, begegnete er der bebrillten, wenig begeisterten Miene Frau Kellers. Die Ader auf ihrer Stirn pulsierte, sodass er sich um einen unschuldigen Gesichtsausdruck bemühte.

„Heribert ist weggelaufen", erklärte er wenig kreativ. „Aber jetzt ist er wieder da." Er spürte, dass seine Freunde sich hinter ihm das Lachen verkniffen, wagte jedoch nicht, den Blickkontakt zu brechen. Stirnrunzelnd spähte seine Lehrerin um ihn herum zu dem kleinen Hamster, der sich in einem Anflug von Niedlichkeit das Fell putzte. Leon sah ihr an, dass sie ihm die Geschichte nicht abkaufte, aber die Wahrheit war viel unglaublicher. Einen Moment betrachtete Frau Keller sie scharf, dann schüttelte sie den Kopf.

„Wie auch immer. Zurück mit euch. Wir hören gleich etwas über den Kirchturm." Damit beeilte sie sich, zu den anderen aufzuschließen.

„Will wahrscheinlich kein staubiges Detail verpassen",

flüsterte Ella, und Leon lachte.

„Wir beeilen uns besser, sonst kommt sie zurück", gab Jimmy zu bedenken.

„Als ob", murmelte Leon. „Es grenzt an ein Wunder, dass sie sich von der Führung loseisen konnte." Bei dem Wort Wunder sahen sie einander bedeutungsvoll an, setzten sich aber in Bewegung, um ihrer Lehrerin zu folgen.

Sobald sie in die brütende Hitze traten, schaute Leon noch einmal zurück. Die Altarunterführung lag stoisch wie eh und je und auch die Straße dahinter wirkte vertraut. Dennoch hatte sich alles verändert. Sie hatten das Abenteuer ihres Lebens erlebt, überlebt und waren mehr als einem neuen Freund begegnet. Ihre Mission war erfolgreich gewesen. Zwar wusste er nicht, was die Zukunft für sie bereithalten würde, doch eines war klar. Nach diesem Erlebnis würde er seine Heimatstadt nie wieder mit denselben Augen sehen. Jena war mit Sicherheit vieles, aber gewiss nicht langweilig …

Ende

Danke

Ich habe oft davon geträumt, meine erste Danksagung zu schreiben. Dass dieses Projekt den Anfang machen würde, hätte ich jedoch nicht gedacht. Tohuwabohu in der Stadt der Wunder kam unerwartet und hat sich gewissermaßen dazwischen gequetscht. Mitverantwortlich hierfür waren Michael und Jana Baumgarten von den Jenaer Nachrichten, die mir rieten, meine Autorinnenkarriere lokal zu starten.

Dass aus einem Word-Dokument ein Kinderbuch wurde, verdanke ich allerdings Ramona Hoidn-Stock und Maik Stock vom PROOF Verlag Erfurt, die ihr Vertrauen in mich setzten und mit mir das Abenteuer wagten.

Ein großes Danke gilt auch meiner Lektorin Jessica Weber, die sich mit mir durch den Manuskript-

Dschungel kämpfen musste, Jacob F. Schmiedel, der Heribert illustrierte und der Agentur vielwert GbR aus Erfurt, welche Layout und Visualisierungen umsetzte.

Doch was wäre dieses Buch ohne die Helden und Heldinnen im Alltag, die mich auf dieser Reise begleitet haben? Ich denke dabei an Lennox, der mit mir die wildesten Zeitreisetheorien debattiert hat oder Annelie, meine gute Rechtschreibfee. Und an meine Mum und meine Schwester, die diese Geschichte mehrfach durchsehen mussten und trotzdem kaum Fehler gefunden haben. Nächstes Mal suche ich mir jemand anderen, aber ich habe euch trotzdem lieb! Mama, an dieser Stelle möchte ich dich noch einmal hervorheben (und das nicht nur, weil ich es dir vor ein paar Jahren zum Geburtstag versprochen habe): Ich hoffe, du weißt, dass das hier ohne dich nie möglich gewesen wäre und ich sehr froh bin, dass du mich in meinen Träumen unterstützt!

Ansonsten bedanke ich mich selbstverständlich bei den Personen, die sogar an mich glauben, wenn ich es nicht tue. Isi, Johanna – ich bin gesegnet, dass ich mich auf euch verlassen kann! Lizz – es gibt keine Worte, die beschreiben könnten, was ich ausdrücken möchte. Ein Shout-out in diesem Zusammenhang auch an den besten Trainer der Welt: Paul – Es tut mir leid, dass ich so viel rumgeheult habe. Danke für den Support.

Ich hatte das Privileg, durch dieses Projekt tolle Menschen kennenzulernen, und war vor allem von der künstlerischen Resonanz, uns zu unterstützen, überwältigt. Zu guter Letzt möchte ich mich aber an die Leserinnen und Leser meiner Geschichte wenden. Dieses Buch hat mich mehr Nerven gekostet, als ich für möglich gehalten hätte, doch ich hoffe, dass wir etwas schaffen konnten, das zum Träumen anregt. Es bedeutet mir viel, dass meine Story gelesen wird. Wenn ich im Zuge all dessen etwas lernen durfte, dann, dass Wunder möglich sind. Sie finden uns auf den unterschiedlichsten Wegen. Oftmals, wenn wir es am wenigsten erwarten.

Über die Autorin

Jasmin Lincke, geboren 1999, ist eine Autorin aus Jena und entdeckte schon früh ihre Leidenschaft für das geschriebene Wort. Im Alter von sieben Jahren Harry Potter verfallen, träumte sie davon, mit eigenen Geschichten zu faszinieren und zu berühren. Um diesem Ziel ein Stück näher zu kommen, begann sie nach ihrem Abitur ein Fernstudium zur Autorin, welches sie im Oktober 2022 abschloss.

Seit 2020 schreibt sie nicht länger im Privaten und konnte im Rahmen von Schreibwettbewerben bereits mehrfach überzeugen. Jasmin arbeitet derzeit an einem Roman. Tohuwabohu in der Stadt der Wunder ist ihr erstes Kinderbuch.